mandarin-verlag

saarbruecken

Winterzeit, ein früher Abend im dicht verschneiten Schwarzwald: Fünf junge Winterurlauber werden auf der Heimreise durch einen Geländewagen von der Straße gedrängt. Zwar wird keiner von ihnen verletzt, doch ihr auf dem Feld stehendes Auto lässt sich nicht mehr starten.

Zwei der Freunde suchen Hilfe bei einem nahe gelegenen Bauernhof. Als sie zur Unfallstelle zurückkehren, sind ihre Freunde spurlos verschwunden. Am nächsten Tag stellt sich heraus, dass diese in der Nacht offenbar noch in einen weitaus schlimmeren Unfall verwickelt und schwer verletzt ins Krankenhaus gebracht wurden. Der Beginn eines Albtraums ...

Holger Montag, geb. 1970, lebt als freier Schriftsteller in Saarbrücken. Mit seinem Debütroman *Reisen mit Pippo* über eine deutsch-italienische Großfamilie gelang ihm ein europaweiter Bucherfolg.

Holger Montag

Schwarzer Wald

Roman

mandarin-verlag
saarbruecken

Bibliografische Information der Deutschen Bibliothek

Die Deutsche Bibliothek verzeichnet diese Publikation in der Deutschen Nationalbibliografie; detaillierte bibliografische Daten sind im Internet über http://dnb.ddb.de abrufbar.

Druckhinweise

Veröffentlicht im mandarin-verlag, 2010

Umschlaggestaltung: mandarin-verlag
Foto Umschlagvorderseite: mandarin-verlag
Drucksatz: mandarin-verlag
Gedruckt in Deutschland / Printed in Germany

ISBN: 978-3-9809325-2-3

www.mandarin-verlag.de

Immer an den Schienen lang
so viele haben das getan
und kamen doch auch an
irgendwie, irgendwann

Immer an den Schienen lang
es dauert vielleicht länger
aber dafür kommt man irgendwann
irgendwo an

Jota

Samstag

1

Finster und abweisend baut sich der Wald vor uns auf. Im fahlen Licht der Abenddämmerung wirken die ohnehin schon gewaltigen Tannen noch größer. Geschlossen wie Mauern flankieren sie die schneeverwehte Straße, die sich schüchtern durch sie hindurch windet.
Die Baumkronen scheinen sich einander zuzuneigen, als tuschelten sie über uns. Von Zeit zu Zeit rutscht der Schnee von ihnen herunter und landet mit einem erstaunlich lauten Klatschen auf der Windschutzscheibe.
Für einen Moment habe ich sogar das Gefühl, ein eiskalter Tropfen sei auf meinem Augenlid gelandet. Ich schaue nach oben und taste den Fahrzeughimmel ab. Er ist trocken.
„Was tust du da?“, fragt Tim.
„Nichts“, sage ich und schüttele seinen Blick ab, „gar nichts.“

Die Straße ist sehr glatt, wir kommen nur langsam voran. Ab und zu kann man jenseits der Fahrrinne einen dieser düsteren Bauernhöfe erspähen, doch niemals brennt dort Licht. Es scheint Stunden her zu sein, seit wir zuletzt ein bewohntes Gehöft passiert haben.

In der Gegend möchte man nicht überm Zaun hängen, so hätte mein Vater diesen Landstrich wohl charakterisiert und in seinem Lieblingsspruch wie immer das Wörtchen „tot" vergessen. Dieser Spruch ist so ziemlich das Einzige, was mir von ihm in Erinnerung geblieben ist. Und selbst den kenne ich womöglich nur aus Erzählungen.

Ein bläuliches Licht liegt in der Luft, zuckt und verflüchtigt sich, sobald ich genauer hinsehe. Die Konturen der Landschaft um uns herum sind nur schemenhaft erkennbar, noch immer schneit es in dicken Flocken vom Himmel herab.

Es war schön gewesen, dies alles bei Tag zu sehen, doch im Halbdunkel des hereinbrechenden Abends fühlt man sich in eine bedrohlich anmutende Welt oder - positiver ausgedrückt - in ein Märchen versetzt, in dem jede Scheune

wie eine Höhle und jeder Bauernhof wie ein Hexenhaus aussieht. Der Zuckerguss auf den Dächern ist da, es fehlen eigentlich nur noch die bunten Lichter im Fenster.
Judith kannte die Gegend aus früheren Jahren und hatte uns versichert, die Unterkünfte seien billig und die Loipen würden früh und regelmäßig gespurt. So hatten wir uns kurz entschlossen zusammengetan und ein paar Sachen gepackt. Der Schwarzwald gehörte uns in diesen vier Tagen, in den Loipen begegnete einem nahezu niemand, und ich für meinen Teil fühle mich trotz allen Ärgers gut erholt.
Es geht eng zu in Armins Toyota. Judith sitzt vorne bei ihm und gibt die Strecke vor. Die beiden sind erst seit kurzem zusammen, und es freut mich für Judith, dass sie offenbar gut miteinander harmonieren, obwohl ich dieser Verbindung anfangs mit gemischten Gefühlen gegenübergestanden habe.
Inzwischen aber denke ich, dass Armin perfekt zu Judith passt. Sie ist ein sehr netter, aber auch komplizierter Mensch, und es ist für ihren Partner nicht einfach, ihrem Wesen gerecht zu werden.

Das Gleiche kann man übrigens über Sara und Tim sagen, die neben mir im Fond sitzen. Wobei ich das *nett* schon wieder relativieren würde, vielleicht müsste man sie dazu besser kennen. Ihre komplizierte Seite hingegen ist uns inzwischen allzu sehr vertraut.

„Und *den* wollte Claussen unbedingt im Team haben?", fragte mich Judith einmal leise, als wir Karotten fürs Abendessen schälten. Tim hatte zunächst versucht, uns seinen Teil der Küchenarbeit zuzuschanzen, und sich schließlich so bös in den Finger geschnitten, dass Sara und Armin ihm im Bad einen Verband anlegen mussten.

„Ist der auf der Arbeit genauso ungeschickt?"

„Im Gegenteil", sagte ich.

„Meinst du, er verscheißert uns?"

„Ich hab noch nicht rausbekommen, ob es bloß ne Masche ist. Vermutlich schon."

Tim ist noch relativ neu in meinem Projektteam, trotzdem riss er uns alle schon bei unserem ersten gemeinsamen Auftrag mit seinen Ideen mit. In Sachen Kreativität und Planung ist er mir ein Stück weit voraus, wie ich zugeben muss. Andererseits ist unsere Kundschaft eher konservativ orientiert, und ich kann mich noch gut

daran erinnern, dass Claussen mir in meiner Anfangszeit genau das Experimentieren mit neuen Formen, Anordnungen und Materialien strikt untersagt hatte, wegen dem er Tim derzeit mit Lob überschüttet.
Da nur einer von uns im kommenden Jahr in die Projektleitung aufsteigen wird und Claussen den Wettbewerb zwischen uns bewusst schürt, halte ich für gewöhnlich bewusst ein wenig Abstand zu Tim und trinke nach der Arbeit höchstens mal ein Bier mit ihm.
Als ich ihm kürzlich von meinem geplanten Kurzurlaub erzählte, fragte er spontan, ob er und seine Frau nicht mitkommen könnten. Ich fühlte mich ein bisschen überrumpelt, war aber zugegebenermaßen auch neugierig, mehr über ihn zu erfahren. Also besprach ich mich mit Judith, die keine Einwände hatte, und so waren wir zu fünft losgefahren. Jetzt wünsche ich mir, sie hätte Nein gesagt. Oder ich. Es wäre uns einiges erspart geblieben.
Sara und Tim befinden sich im ehelichen Dauerstreit, seit wir die Fahrt angetreten haben. Womit dieser ursprünglich mal begonnen hat, kann ich nicht mehr sagen, aber er zieht sich

durch diese gemeinsamen Tage wie ein roter Faden.
Einen Urlaub mit Judith zu verbringen ist eine gefahrlose Sache, das habe ich schon ein Dutzendmal gemacht. Dies aber ist etwas anderes, und es ist mir peinlich, dass der Vorschlag, Tim und Sara mitzunehmen, ausgerechnet von mir gekommen war.
Seit der Sache beim Frühstück schweigen sie sich nur noch an. Wieder mal eine Kleinigkeit, wieder mal Streit bis aufs Messer. Alle sind sauer, die Stimmung ist im Eimer. Im Stillen beneide ich Judith und Armin um ihr einsilbiges Gespräch über die Straßenverhältnisse.
Ich dagegen sitze neben zwei in Verbohrtheit erstarrten Schaufensterpuppen, und es ist nicht damit zu rechnen, dass während der Heimfahrt noch ein weiteres Wort fallen wird. Aber das ist vielleicht auch besser so.
„Was ist los?“, frage ich, als wir anhalten. Sara und Tim schlafen, und auch ich habe etwas vor mich hingedöst. Es ist noch nicht spät, aber die Dunkelheit und die Schaukelei im Auto machen müde. 19:17 zeigt die Digitaluhr im Armaturenbrett an.

„Wir haben uns verfahren", antwortet Armin. Er schaltet das Innenlicht an, um selbst einen Blick auf die Karte zu werfen, die Judith auseinandergefaltet hat.
Sara neben mir knurrt unwillig und macht Anstalten, sich im Schlaf an meine Schulter zu schmiegen. Auf der Hinfahrt hätte ich mich dagegen nicht gewehrt, aber inzwischen vermag ihr schönes Gesicht die Tatsache nicht mehr aufzuwiegen, dass sie eine nachtragende Zicke ist. Ich schiebe sie von mir weg, hinüber zu Tim, der hat sie immerhin geheiratet.
Judith und Armin brüten über der Straßenkarte, das Lämpchen über ihren Köpfen verbreitet ein kaltes, weißes Licht. Ich sehe nach draußen. Es ist mittlerweile stockdunkel, und selbst der Schnee auf den Bäumen erscheint nur noch als blaugrauer Schatten.
Anscheinend befinden wir uns auf einer Art Feldweg, denn es sind weder Laternen noch irgendwelche Straßenbegrenzungen zu entdecken. Judith meint, sie habe die Gegend noch nie gesehen, wobei ich mich frage, ob ich in der Dunkelheit meine eigene Heimatstadt erkennen würde.

Sie zeigt auf einen Punkt auf der Karte, wo sie unseren gegenwärtigen Standort vermutet. Laut Armins Schätzung sind wir allerdings ganz woanders. Kurzum, wir haben auch nicht die leiseste Ahnung, wo genau wir uns befinden. Uns wird nichts anderes übrig bleiben, als weiterzufahren und nach Straßenschildern Ausschau zu halten, die auf Orte hinweisen.

2

Nach einiger Zeit stoßen wir auf eine breitere Straße. Die Ortsnamen Finkenrain und Moorach auf den nach rechts und links zeigenden Schildern sind auf der Karte nicht verzeichnet, also stimmen wir ab.
Judith ist für links, Armin und ich sind für rechts, weil Moorach in unseren Ohren allzu sehr nach Edgar Wallace klingt. Das schlafende Pärchen neben mir wird nicht gefragt.
Wir passieren wieder eines dieser Gehöfte, die sich beunruhigend dunkel von dem ohnehin schon tiefschwarzen Himmel abheben und *Bleib weg!* zu signalisieren scheinen.
Der Ort Finkenrain will dagegen nicht auftauchen. Wir fragen uns, ob wir ihn vielleicht in der Eile beim Durchfahren übersehen haben, aber so unscheinbar wird er ja nun auch wieder nicht sein.

„Vielleicht ist Finkenrain ja der Name des Hofes“, meint Judith.

„Welches Hofes?“, fragt Armin.

„Na der, an dem wir gerade vorbeigefahren sind.“

Die Straße wird schlechter, und in dem auf ihr liegenden Schnee haben grobstollige Reifen tiefe Gräben gezogen. Armin gibt sich alle Mühe, durch das Weiß zu pflügen, doch an der ersten Steigung ist Schluss.

Die Reifen graben sich tief ein, wir stecken fest. Ich steige aus, stemme die Füße gegen die Böschung und nehme meine Position zum Schieben ein.

„Jetzt!“, rufe ich, doch es hat keinen Zweck. Unter dem Schnee ist der Boden vereist, und die Räder rutschen glatt durch.

Ich gehe um den Wagen herum und frage Armin, ob er eine Anfahrhilfe oder wenigstens Streusalz als Ballast dabei hat.

„Streusalz? Nein. Aber Mutterboden hab ich da.“

„Das ist ein Witz, oder?“

Statt eine Antwort zu geben, steigt er aus und öffnet den Kofferraum. Tatsächlich, in der

Reserveradmulde unter unserem Gepäck und dem Teppich liegt ein 20-Liter-Sack Mutterboden.

„Bin noch nicht dazu gekommen, ihn abzuladen."

„Wieso das denn?"

„Na ja, ich bin am Dienstag direkt vom Baumarkt aus zu Judith gefahren und dann weiter zu euch. Eigentlich war ja geplant, dass wir zwischendrin noch einkaufen und den Sack bei mir abstellen, aber weil wir eh schon zu spät dran waren, ist nix draus geworden. Irgendwie hab ich ihn dann völlig vergessen."

Tim steigt endlich auch mal aus und tritt mit der Fußspitze gegen den Hinterreifen.

„Das schafft ihr alleine, oder?", fragt er mit Kennermiene und vergräbt die Hände in den Hosentaschen. Als er unsere entgeisterten Gesichter sieht, lacht er.

„Hey, das war doch nur ein Scherz! Wo soll ich anpacken?"

„Hier drüben", sage ich und weise mit dem Kopf auf den Platz neben mir. Den vermasselten Teil des Urlaubs werde ich ihm noch eine Weile nachtragen.

Wir laden das Gepäck aus, um an die Reserveradmulde heranzukommen. Dort steckt auch ein Paar Arbeitshandschuhe, ich ziehe sie an, hieve den Sack aus dem Kofferraum und räume die Taschen wieder ein.
Um uns herum herrscht eine unglaubliche Stille. Der volle Mond gibt uns etwas Licht, als wir den Mutterboden mit den Händen unter die Räder streuen.
„Eine Verschwendung ist das“, keucht Armin.
„Du kannst ihn ja hinterher wieder aufkehren“, schlage ich vor.
Durch die Heckscheibe kann ich sehen, dass auch Sara aufgewacht ist und sich ziemlich aufgeregt mit Judith unterhält. Wie in einem chinesischen Schattenspiel bewegen sich ihre Köpfe hin und her.
„Uh, die beiden sollten wir jetzt besser nicht stören“, meint Tim, den ich inzwischen kein bisschen mehr um seine Frau beneide. Armin wirft mir einen Blick zu, er denkt über Sara und Tim das Gleiche wie ich.
Beim nächsten Schieben bewegt sich der Toyota einen Meter nach vorne. Dann wird es wieder glatt, und Armin muss die Handbremse ziehen,

damit er nicht zurückschliddert, während wir weiteren Mutterboden unter die Reifen schaufeln.

So kämpfen wir uns Meter für Meter den steilen Hang hinauf, wobei uns die grobstolligen Reifen Schnee und Erde gegen die Hosenbeine schleudern. Tim rutscht aus, fällt haarscharf an der Anhängerkupplung vorbei und schlägt hart auf dem Boden auf. Ich helfe ihm beim Aufstehen.

„Und, ist noch alles dran?"

Er presst eine Handvoll Schnee ans aufgescheuerte Kinn und schüttelt mit übertrieben schmerzverzerrter Miene sein Handgelenk aus. Da es nichts Ernstes zu sein scheint, gönne ich ihm die Schmerzen. Mir ist mittlerweile angenehm warm, und hätte ich eine Mütze auf, wäre ich sogar beinahe glücklich.

Endlich haben wir den Hügel eingenommen. Wir lehnen am Kotflügel und sehen die Straße entlang, die eine lang gezogene Kurve beschreibt und irgendwo zwischen schneebedeckten Feldern verschwindet.

Weiter hinten kann ich im Mondlicht den Schatten eines Tieres, vielleicht eines Rehs, ausmachen, das aus dem Wald heraustritt und

für einen Moment verharrt, ehe es unsere Witterung aufnimmt und wieder im Dickicht verschwindet.
„Wollt Ihr wieder reinkommen, oder sollen wir ohne euch fahren?", fragt Armin.
Die Strecke bessert sich nun etwas, unsere Laune auch. Die körperliche Anstrengung hat uns gut getan und zumindest bei uns Männern auch einige Aggressionen abgebaut. Ich habe sogar ein schlechtes Gewissen wegen Tim, der sein Kinn nach Blut abtastet.
Nur die Frauen ziehen ein Gesicht, als hätten wir diese Einlage mit Absicht herbeigeführt, aber möglicherweise hängt das ja auch mit ihrem Gespräch von eben zusammen.
Eine ganze Zeitlang schlingern wir über die Straße. Die ausgewiesene Ortschaft ist noch immer nicht aufgetaucht, aber irgendwann müssen wir ja wieder auf Zivilisation treffen. Nur stecken bleiben dürfen wir nicht, in dieser Gegend dauert es womöglich Wochen, bis jemand vorbeikommt und uns findet.

3

In der Ferne vor uns taucht ein Lichtkegel auf, der den Schnee wie ein Suchscheinwerfer abtastet und schnell näher kommt.
„Hey, es gibt ja außer uns doch noch andere Verrückte, die um diese Zeit hier unterwegs sind!", ruft Judith, deren Stimmung sich durch diese Entdeckung deutlich zu bessern scheint.
Die Scheinwerfer des anderen Fahrzeugs fliegen in Schlangenlinien auf uns zu. Jetzt verschwinden sie in einer Senke, um im nächsten Moment stark vergrößert über den davor liegenden Hügel zu schießen. Offenbar ist die Schwarzwälder Landjugend unterwegs und hat es eilig.
„Wie wär's, wenn wir den da mal nach dem Weg fragten?", meint Armin.
„Wenn du ihn denn vorher zum Halten bewegen kannst", sage ich und habe in dieser Hinsicht meine Zweifel.

Der Fahrer macht keine Anstalten, seine Geschwindigkeit herabzusetzen, obwohl er uns mit Sicherheit ebenfalls gesehen hat. Er biegt nun auf die Gerade ein, die unmittelbar vor uns verläuft.

Armin blendet ihm auf, um ihn zum Anhalten zu bewegen. Der andere erwidert das Signal, lässt das Fernlicht aber angeschaltet und denkt offenbar immer noch nicht daran, langsamer zu fahren.

„Halt dich rechts", meint Judith.

„Was *macht* der denn?"

In dem Moment, in dem Armin dies sagt, reißt er auch schon das Lenkrad herum. Es gibt einen dumpfen Knall, als wir durch die Schneewand brechen, die am Fahrbahnrand aufgeschüttet ist. Trotzdem streift uns das andere Fahrzeug noch am Heck.

Aus den Augenwinkeln sehe ich es an mir vorbeischießen. Ein Geländewagen, wie mir scheint, doch es geht alles derart schnell, dass ich nicht allzu viele Details erkennen kann.

Für einen Augenblick schweben wir in der Luft, dann kracht der Wagen auf den gefrorenen Boden jenseits der Schneewand, wo Armin ihn

nach einer Drehung endlich wieder zum Stehen bringt.
Einige Sekunden lang herrscht Schweigen im Auto. Mein Puls rast, und ich starre geradeaus, verwundert darüber, noch am Leben zu sein. Sinnlos beleuchten die Scheinwerfer das schneebedeckte Feld vor uns.
Sara fängt sich als erste wieder.
„SPINNT DER?!?", schreit sie mir ins Ohr, und ich komme allmählich wieder zu mir.
„Hey, hey, hey", versuche ich sie zu beruhigen.
„So ein Arschloch! Wichser! Wir könnten tot sein!" Sie schlägt mit der flachen Hand gegen die Nackenstütze des Vordersitzes.
Nach einer Ewigkeit dreht Armin sich zu uns um.
„Ist bei euch alles in Ordnung?"
„Alles in Ordnung?" Der Klang von Saras Stimme ist schrill wie eine Gabel, die über einen Teller kratzt. „ALLES IN ORDNUNG?!?"
„Schsch!", sagt Tim und streicht über ihren Arm. Sofort macht sie sich von ihm los.
„Du kannst mich mal mit deinem *Schsch*!" Dann wendet sie sich plötzlich mir zu. „Lass mich raus!"

Ich lasse sie also raus. Es hat keinen Wert, sich mit ihr anzulegen, so lange sie in dieser Stimmung ist. Wir sehen ihr nach, wie sie durch den knöcheltiefen Schnee übers Feld davon stapft. Der Mond grient auf uns runter.

„Lach nicht!“, rate ich ihm.

„Was?“, fragt Armin.

„Nichts.“

4

Tim ist inzwischen ebenfalls ausgestiegen und steht ratlos neben der offenen Tür. Es ist nicht ganz klar, ob er seiner Frau nachgehen möchte. „Ich seh mich mal um“, sage ich und laufe die Böschung zur Straße hinauf.
Der Höhenunterschied zu dem Feld, auf dem wir gelandet sind, beträgt gut und gerne dreieinhalb Meter. Man kann im Mondlicht recht deutlich nachvollziehen, welche Strecke wir in der Luft zurückgelegt und wo wir wieder aufgesetzt haben.
Durch die Lücke in der Schneewand gelange ich auf die Straße. Von dort oben wirkt der Sprung noch spektakulärer. Unser Auto steht etwa dreißig Meter weit entfernt. Armin bemüht sich gerade, den Motor wieder zu starten. Der Anlasser orgelt und dreht, dreht und orgelt übers weite Land.

Von dem Geländewagen keine Spur. Ich rutsche wieder den Abhang hinunter und geselle mich zu den anderen, von deren Köpfen kleine Atemwölkchen in den Abendhimmel aufsteigen.
„Hast du eine Lampe dabei?“, frage ich Armin, der die Orgelei aufgegeben hat und in ein stummes Gebet versunken zu sein scheint, das offensichtlich dem Lenkrad gilt. Wortlos reicht er mir die Lampe raus.
Gemeinsam untersuchen wir den Toyota ringsherum auf Schäden. Die vordere Stoßstange ist verzogen, die hintere von dem Geländewagen beschädigt, aber das zahlt zur Not sicher die Kaskoversicherung, der Wagen ist schließlich brandneu.
Mal abgesehen von dem schief hängenden Auspuff sind wir anscheinend noch mal glimpflich davongekommen, und vielleicht rührt auch dessen Position nur von einer gerissenen Aufhängung her. Selbst die Dachbox mit unseren Skiern ist heil geblieben.
So weit, so gut. Noch immer aber macht der Motor keine Anstalten, wieder anzuspringen, was nun wiederum weniger gut ist.
Tim sieht sich um.

„Ich glaub, ich mach mich mal auf die Suche nach ihr."

Er folgt Saras Fußspuren im Schnee, die in dem noch jungfräulichen Neuschnee gut zu sehen sind.

„Hey, nimm die Lampe mit!", rufe ich ihm hinterher, aber er ist schon zu weit weg.

Armin hat inzwischen die Motorhaube geöffnet und späht nach dem Fehler. Ich verstehe nicht viel von Motoren, und dieser hier wird von einem blau schimmernden Aluminiumdeckel gekrönt, den wir ums Verrecken nicht abbekommen.

Soweit man erkennen kann, sieht es darunter auch nicht besser aus. Das Ding ist vollgestopft mit Elektronik, überall sitzen Trafos und Elektroden.

„Und? Was denkst du?", fragt Armin.

„Was weiß ich? Bin doch kein Informatiker."

Er schließt die Haube wieder.

„Wo ist Tim hin?"

„Sara suchen."

Armin zieht die Augenbrauen hoch, ich weiß, was er denkt. Doch er meint nur: „Ich bin froh, wenn wir wieder zu Hause sind."

„Ich auch", sagen Judith und ich wie aus einem Munde.
Wir steigen ein und warten schweigend auf Sara und Tim. Judith studiert die Karte, wird daraus aber nicht schlau und legt sie schließlich beiseite. Sie tippt zum wiederholten Male die Nummer des ADAC in ihr Handy ein, doch hier draußen bekommt sie keinen Empfang. Schließlich legt sie es frustriert ins Handschuhfach zurück.
„Und jetzt?"
Armin weist mit dem Kopf aufs Feld hinaus. „Wir sollten abhauen, bevor sie zurückkommen."

5

„Was machen die denn da so lange?“
Im Auto ist es inzwischen so kalt wie draußen. Judith wird die Sache zu bunt.
„Ich würde sagen, wir suchen sie jetzt und machen uns auf den Weg zu dem Hof.“
„Welcher Hof?“, fragt Armin.
„Wir sind eben daran vorbeigekommen.“
„Wo soll das gewesen sein?“ Er sieht mich an. „Hast du was gesehen?“
Ich nicke.
„Judith meinte noch, dass Finkenrain vielleicht der Name des Hofes ist.“
„Kann mich nicht erinnern“, sagt Armin.
„Ist nicht lange her, vielleicht ein, zwei Kilometer oder so.“
„Na toll.“ Die Begeisterung über einen Fußmarsch in stockfinsterer Nacht ist ihm anzumerken.

Wir nehmen die Lampe und steigen aus. In einem Western würde man jetzt ein Halbblut zum Fährtensuchen vorschicken, aber das können wir uns wohl in diesem Fall sparen. Den Spuren aufs Feld zu folgen ist nicht schwer, obwohl die Abdrücke mit frisch gefallenem Schnee gefüllt und an manchen Stellen kaum noch zu erkennen sind.

Ich frage mich, wozu die beiden so weit rausgelaufen sind, und fluche leise vor mich hin. So wie es aussieht, haben wir sowieso noch eine längere Wanderung vor uns, und diese unnötige Sucherei geht mir gegen den Strich, zumal sie ausgerechnet Tim und Sara gilt. Hilfe für den Wagen ist nicht in Sicht, morgen ist Sonntag und übermorgen mein Urlaub zu Ende. Tolle Aussichten.

Wir beginnen, nach ihnen zu rufen. Auch in den Stimmen der anderen scheint weniger Besorgnis als vielmehr blanke Wut zu liegen. Noch immer schneit es, außerdem wird das Licht der Taschenlampe langsam, aber stetig schwächer. Und der Mond, der die Landschaft um uns herum bislang so hell beschienen hat, wird von Wolken wie in einen Schleier gehüllt.

Weit und breit ist niemand zu sehen, wenn man einmal beiseite lässt, dass sich *weit und breit* bei Dunkelheit ohnehin relativiert. Unser Rufen verhallt über den Feldern, eine Antwort bleibt aus.

Plötzlich und für uns völlig unerwartet enden die Spuren. Einfach so. Armin schickt aufs Geratewohl einen funzeligen Lichtkegel über den Schnee. Nichts.

Wir suchen den Boden ab, ohne so recht zu wissen, was wir eigentlich zu finden hoffen. Eine Erdspalte vielleicht, die die beiden verschluckt hat, oder einen Kanalschacht, in den sie hinabgeklettert sind. Nichts. Es ist nichts dergleichen zu sehen, und wir beschließen, zum Wagen zurückzugehen.

Unterwegs haucht die Lampe endgültig ihr Leben aus, na bravo. Zum Glück geben die Wolken den Mond wieder frei, im Halbdunkel folgen wir unseren eigenen Spuren.

„Da lang!“, meint Judith entschlossen und folgt etwas in Richtung Straße, das entfernt an eine weitere Fußspur erinnert, genausogut aber auch von einem Tier stammen könnte, einem Wolf oder so.

Es geht zwischen Tannen hindurch, die so hoch sind, dass sich ihre Spitzen im Nachthimmel verlieren. Ich merke mir ihre Position genau, denn ich werde das Gefühl nicht los, dass einige von ihnen uns folgen und uns einkesseln. Klaustrophobie im Wald, gibt es so etwas?

Etwa hundert Meter von der Stelle entfernt, an der wir von der Straße abgekommen sind, geben wir auf, erklimmen die Böschung und kehren zu unserem Wagen zurück in der Hoffnung, uns ein bisschen aufwärmen zu können.

„Also, mir reicht's für heute“, sagt Armin.

Judith startet einen Motivationsversuch. „Wirst sehen, wenn wir am Auto ankommen, warten die beiden schon auf uns.“

„Na super.“ Er klingt fast enttäuscht.

Auf halbem Weg hinter einer Kurve finden wir Sara. Sie sitzt auf einem Stein am Wegrand und starrt ins Nichts. Langsam dreht sie den Kopf und scheint durch uns hindurch zu sehen, als wir näher herankommen.

„Was hast du dir eigentlich dabei gedacht? Wir haben euch überall gesucht!“

Vor Wut wirft Judith ihr die Taschenlampe wie einen Fehdehandschuh vor die Füße. Aus-

druckslos blickt Sara auf sie hinab. Sie wirkt, als habe sie den Verstand verloren.
„Wo ist Tim?“, fragt Armin.
Sara hebt den Kopf. „Tim?“
„Ja. Er ist dir doch nachgegangen.“
Sie mustert uns prüfend, als denke sie, wir machen einen Scherz. „Ich hab ihn nicht gesehen.“
„Also, ich würde vorschlagen, wir gehen ans Auto zurück und versuchen ein letztes Mal, es zum Laufen zu kriegen“, meint Judith, „vielleicht ist Tim inzwischen schon wieder dort eingetroffen. Und wenn das nicht klappt, gehen wir wie geplant zu dem Hof.“
„Was für ein Hof?“, fragt Sara.

6

Wir nehmen uns den Motor nochmal vor. Es hilft nichts, der Anlasser dreht munter seine Runden, doch die Zündung bleibt aus.
Beim Gehen bin ich alle paar Schritte bis zur Wade im Schnee eingesunken. Offenbar steht unser Auto auf einem ziemlich zerfurchten Acker. An Anschieben ist bei diesen Bodenverhältnissen nicht zu denken.
„Versuch's weiter", sage ich müde zu Armin. Pro forma lässt er den Anlasser noch einmal orgeln.
„Bringt nichts." Er steigt wieder aus.
„Wo ist eigentlich Judith?"
Armin zeigt in Richtung Straße.
„Was tut sie da?", will ich wissen.
„Versucht, zu telefonieren."
„Ich denke, sie kriegt hier keinen Empfang?"
„Nein, hier unten nicht", gibt Armin zu.

„Und da oben soll das besser klappen?"
„Zumindest stehen die Chancen besser. Herrjeh, du bist doch Techniker, muss ich dir das mit den Funkwellen wirklich erklären?"
Ich schüttele den Kopf. „So wichtig ist es auch wieder nicht."
Judith kehrt zurück.
„Nichts", meint sie und hält ihr Handy hoch. „Kein Signal."
Sie probiert es - ebenfalls erfolglos – noch mit dem von Sara. Mehr Telefone haben wir nicht dabei. Mein eigenes liegt getreu meiner Ansicht zu Hause, man müsse nicht immer überall erreichbar sein, und Tim ist mit seinem unterwegs.
Auch er wollte zunächst keins mitnehmen, hat sich aber wegen Claussen im letzten Moment dagegen entschieden. Der rief während des Urlaubs denn auch prompt mehrmals an und besprach sich ausschließlich mit Tim, was unser Verhältnis zueinander nicht gerade verbesserte. „Es ist *mein* Projekt", stellte ich einmal klar, als mir der Kragen zu platzen drohte.
„*Unser* Projekt", verbesserte mich Tim.
„Ich habe den Auftrag an Land gezogen."

„Glückwunsch. Ich dachte, wir seien ein Team?“

„Das dachte ich auch.“

„Aber?“

„Wieso fragt Claussen nur dich nach deiner Meinung? Und wieso besprechen wir uns nicht untereinander?“

„Entschuldige mal, aber das hier ist *mein* Handy. Soll ich etwa wegen jeder Kleinigkeit erstmal mit dir Rücksprache halten? Wie stehen wir denn als Team dann da? Als hätte jeder von uns nur ein halbes Hirn. Wenn *du* mit ihm telefonierst, fragst du mich doch auch nicht.“

„Das ist doch der Punkt: *Ich* habe ja auch kein Telefon dabei – genau so, wie wir's besprochen haben.“

„Besprochen haben wir gar nichts. Du warst der Meinung, wir sollten keine Handys mitnehmen, und ich denke, das Projekt ist zu wichtig, als dass wir bei Rückfragen unerreichbar sind.“

„Na toll.“

„Ich versteh dich nicht, echt nicht“, sagte Tim und sah in die Runde. „Versteht ihr ihn?“

Die anderen taten so, als hätten sie nichts gehört.

„Anscheinend bist du der Meinung, ich sei geil darauf, mir in meinem Urlaub den Kopf über die Statik zu zerbrechen. Dabei kommt es doch dem ganzen Team zugute, wenn wir Claussen bei auftauchenden Problemen beruhigen können."

Ich gab es schließlich auf. Ändern konnte ich ohnehin nichts mehr an der Lage. Vielleicht übertrieb ich ja auch. Aber es blieb ein Verdacht in mir hängen, und ich nahm mir an jenem Abend vor, nach unserer Rückkehr Tim gegenüber auf der Hut zu sein.

Da er auch nach einer weiteren halben Stunde noch immer nicht aufgetaucht ist, beschließen wir, uns zu trennen. Zwei von uns werden beim Wagen bleiben, die anderen beiden zu dem Gehöft zurücklaufen, um Hilfe zu holen.

Auf die von anderen Autofahrern können wir offenbar nicht bauen. Es ist erst halb neun, doch seit unserem unfreiwilligen Abflug in den Graben ist kein einziges Fahrzeug mehr vorbeigekommen.

„Also, wie machen wir das jetzt?", fragt Judith. Niemand von uns reißt sich darum, den Fußmarsch anzutreten. Im eiskalten Toyota will aber

auch keiner bleiben, also losen wir. Sara und ich ziehen die kürzeren Streichhölzer, wir werden uns auf den Weg machen müssen.
„Hab ich ein Glück“, sagt Sara.
„Und ich erst“, murmele ich. Judith zwinkert mir zu.
Aus dem Kofferraum holen wir die Bettwäsche und helfen ihr und Armin, es sich während unserer Abwesenheit im Wagen halbwegs gemütlich zu machen. In Tims Gepäck findet sich eine zweite Taschenlampe. Die Batterien sind nicht mehr neu, wir werden sie auf dem Weg zum Bauernhof nur sparsam einsetzen können.
Wir winken Judith und Armin zu, als wir auf der Straße sind, und folgen der Straße in der Richtung, aus der wir gekommen sind. Meine Wut ist nun doch der Besorgnis um Tim gewichen. Ich frage mich, wo er wohl stecken mag. Einfach so loszulaufen, ist nicht seine Art. Dazu ist er eigentlich viel zu träge. Vielleicht ist es das, was mich am meisten beunruhigt.
Sara trottet unwillig neben mir her, mehrmals muss ich sie zu einer etwas schnelleren Gangart bewegen. Ich versuche, uns die Zeit mit ein

wenig Small-Talk zu verkürzen, doch ihre Antworten fallen ziemlich einsilbig aus, und so verebbt mein Monolog nach der ersten Viertelstunde.

Obwohl wir nun in Bewegung sind, ist mir kälter als zuvor, und ich fange an, auf der Stelle zu laufen, da Sara keine Anstalten macht, einen Zahn zuzulegen. Dann und wann biegt sich ein Ast unter dem Gewicht des Schnees, der sanft zu Boden rieselt. Zum Glück hat es inzwischen aufgehört zu schneien. Es ist auch so schon ungemütlich genug.

Ich habe jedes Zeitgefühl verloren und könnte nicht sagen, wie lange wir schon so nebeneinander hergehen. Die Landschaft, die sich links von uns erstreckt, wirkt kalt und abweisend, doch das ist nichts im Vergleich zu dem gespenstisch dichten Nadelwald zu unserer Rechten. Ein paar Mal höre ich Geräusche. Es knackt und knistert im Unterholz, und ich richte schnell die Taschenlampe darauf. Nie ist etwas zu sehen.

Wir kommen zu der Stelle mit dem Mutterboden im Schnee. Unsere Reifenspuren sind mittlerweile gefroren. Vorsichtig tasten wir uns den Hügel hinunter und halten einander bei der Hand, um nicht das Gleichgewicht zu verlieren. Nach einer weiteren Viertelstunde nimmt der Schnee auf der Straße aus unerfindlichen Gründen ab. Das Knirschen unter den Schuhen lässt nach, und ich erinnere mich, dass es nun nicht mehr weit ist bis zu dem Hof.

7

Da ist er, noch dunkler und abweisender, als ich ihn in Erinnerung hatte. Der Hof. Ein Wohnhaus mit kleinen Fenstern, ein altes Silo, ein Schuppen und eine Scheune, vor der ein Pflug liegt.

Doch was mir in diesem Moment als Erstes ins Auge fällt, ist der Geländewagen, der vor der Scheune parkt. Leider habe ich den, der uns von der Straße gedrängt hat, nur flüchtig gesehen, kann also nicht mit Bestimmtheit sagen, ob es dasselbe Auto ist.

Ich richte den Schein der Taschenlampe auf die vordere Stoßstange. Es sind zwar jede Menge Kratzer darauf zu erkennen, aber keine Lackspuren unseres eigenen Autos, wobei das überhaupt nichts zu bedeuten hat.

„Was ist nun? Versuchen wir es hier, oder was?“, schnieft Sara hinter mir.

Ich drehe mich zu ihr um, sie ist total durchgefroren.
„Wollte mich nur vergewissern, ob das hier möglicherweise der Geländewagen von vorhin ist."
„Ja, und? Ist er's?"
„Ich weiß nicht", gebe ich zu.
„Aha. Und jetzt?"
„Jetzt versuchen wir, hier Hilfe zu kriegen."
„Endlich."
Es gibt keine Klingel, und so klopfe ich gegen die hölzerne Tür. Nichts geschieht. Ich probiere es noch einmal, diesmal wesentlich energischer. In einem entfernten Teil des Hauses bellt ein offensichtlich großer Hund.
Eine Ewigkeit vergeht. Ich lege mein Ohr an das Türblatt und höre ein schlurfendes Geräusch, das sich langsam nähert. Vor der Tür bricht es plötzlich ab, und mich überkommt das Gefühl, dass auf der anderen Seite ebenfalls jemand lauscht.
Ich klopfe noch einmal mit der Faust. Im selben Moment wird die Tür aufgeschlossen.
„Was?", fragt eine raue Männerstimme unwirsch.

Innen ist es so dunkel wie draußen, ich kann das Gesicht des Mannes nicht richtig erkennen, der in dem Türspalt erschienen ist.
„Guten Abend“, beginne ich, „entschuldigen Sie die späte Störung, aber wir hatten einen Unfall mit unserem Wagen und dachten …“
Den letzten Teil des Satzes lasse ich unausgesprochen in der Hoffnung, er wird uns bestimmt von sich aus Hilfe anbieten.
„Was?“
Ich frage mich, ob er schwer von Begriff oder einfach nur unhöflich ist. Sein Wortschatz jedenfalls scheint begrenzt zu sein.
„Nun, könnten wir vielleicht bei Ihnen mal telefonieren und Hilfe rufen? Mit dem Handy konnten wir hier draußen leider keinen Empfang bekommen.“
„Hab kein Telefon.“
Rasch wechseln Sara und ich einen Blick miteinander. Der Mann im Türspalt macht keinerlei Anstalten, uns einen anderen Lösungsvorschlag zu unterbreiten. Er steht einfach nur da und mustert uns.
Ich komme zu dem Schluss, dass übertriebene Höflichkeit in Anbetracht unserer Situation und

vor allem bei diesen Witterungsverhältnissen unangebracht ist.
„Würden Sie uns dann vielleicht zu einem Abschleppdienst fahren?“
„Hat schon zu.“
„Dann vielleicht zu einem Hotel, einer Pension?“
Er scheint darüber nachzudenken, spuckt dann aber in den Schnee und meint: „Gibt's hier nicht.“
Na toll. Da uns der Mann keine Alternativen nennen will und ich uns alle im Geiste schon die Nacht im Freien verbringen sehe, beschließe ich, ihn in die Pflicht zu nehmen.
„Könnten wir dann vielleicht *hier* übernachten?“
Ich flechte mein *vielleicht* höflichkeitshalber mit ein, dennoch ist es natürlich weniger eine Frage als eine Aufforderung. Unerwähnt lasse ich die Tatsache, dass wir zu fünft sind. Das können wir ihm später immer noch mehr oder weniger schonend beibringen.
Statt einer Antwort dreht der Mann sich nach einer Weile um und verschwindet im Haus. Die Tür lässt er offen. Sara und ich sehen uns an.
„Willst du echt hier bleiben?“, fragt sie leise.

„Was bleibt uns denn übrig? Du hast ihn doch gehört, es gibt hier nichts anderes."
„Wer weiß, ob das stimmt? Hier muss es doch Gasthöfe oder so was geben", meint Sara.
„Willst du bei der Kälte danach suchen? Wir haben ja nicht mal dieses Finkenrain gefunden."
„Finkwas?"
Ich erinnere mich, dass sie auf der Fahrt geschlafen hatte, als der Name fiel. „Nicht so wichtig."

8

„Hallo?", rufe ich vage in das Dunkel des fremden Hauses hinein.
Nur der Hund antwortet mir. Sein Bellen kommt in bedrohlichem Tempo näher, doch bevor ich ihn sehen kann, steht sein Herrchen schon wieder im Türrahmen. Im Mondlicht kann ich ein unrasiertes Kinn und grobe Gesichtszüge erkennen.
„Kommen Sie rein", herrscht er mich an, „aber machen Sie endlich die Tür zu, es zieht. Sie können bis morgen dableiben."
„Wir müssten aber vorher nochmal zurück zum Wagen", erkläre ich dem Bauern und zeige mit dem Finger in die Richtung, aus der wir gekommen sind. „Unsere Freunde warten dort auf uns."
„Was für Freunde?"
„Na ja", ich wechsle einen Blick mit Sara.

„Unsere Freunde halt, mit denen wir unterwegs sind."
„Wie viele sind das denn?", fragt der Mann.
„Drei."
„Und ihr wollt alle hier übernachten?"
„Wir *müssen*, fürchte ich."
„Sie werden uns gar nicht bemerken", fügt Sara hinzu, denn es ist nicht zu übersehen, dass ihm der Gedanke nicht behagt, fünf Fremde bei sich zu beherbergen.
„Dann holt sie halt her", sagt er schließlich, „aber das wird eng für euch, ich hab nicht viel Platz." Der Mann macht Anstalten, wieder ins Haus zu gehen.
„Da wäre noch ein Problem."
„Was?" Er dreht sich um.
„Nun, der Unfall ist etwa drei oder vier Kilometer von hier entfernt passiert, und der Wagen steht wie gesagt immer noch dort."
Bevor er mir noch einmal mit seinem *Was?* kommen kann, schiebe ich hinterher: „Könnten Sie uns vielleicht hinfahren? Der Weg ist schlecht, und er zieht sich ganz schön bei der Kälte."
„Hinfahren?"

„Zurück wäre auch gut, falls Sie Platz genug für alle haben. Vier Kilometer ziehen sich bei der Kälte."

Sein Blick wandert hinüber zu Sara und kehrt dann zu mir zurück. Ich setze ein demütiges Gesicht auf. Wortlos nimmt er seine Jacke von einem Haken hinter der Tür und tritt heraus zu uns.

„Hab aber kein Auto." Er spuckt noch einmal in den Schnee.

„Und was ist mit dem hier?", frage ich und zeige auf den Geländewagen.

Ohne richtig hinzusehen, stapft er an uns vorbei zur Scheune. Dabei zieht er ein Bein ein wenig nach, was unregelmäßige Spuren im Schnee hinterlässt.

„Nicht meiner."

Er entfernt das riesige Vorhängeschloss vom Tor der Scheune, zieht es beiseite und geht hinein. Das Startgeräusch eines Dieselmotors ist zu hören, dem ein beständiges *tuck-tuck-tuck-tuck* folgt.

Scheinwerfer bestrahlen den Hof, und im nächsten Augenblick holpert ein Traktor ins Freie. Die Frage, ob er uns alle zurückfahren

kann, hat sich damit erledigt. Aber wenigstens sparen wir uns eine Wegstrecke.
„Was ist?" Der Mann ist keine Spur freundlicher als vorher.
Ich helfe Sara, die den Versuch eines hysterischen Lachens startet, den Trecker zu besteigen, und schwinge mich hinter ihr auf den Bock. Dem Fahrer bedeute ich, nach links zu fahren.
Der Mond hat sich wieder von den Wolken befreit, und der Auspuff stößt ihm kleine Rauchzeichen entgegen, wenn der Wind mir die Abgase ausnahmsweise mal nicht direkt ins Gesicht bläst. Der Lärm um uns herum ist ohrenbetäubend.
„Und wem gehört nun der Geländewagen?", schreie ich dem Bauern ins Ohr. Ich bin mir ziemlich sicher, dass er mich hört, aber er wendet nicht mal den Kopf.
So tuckern wir übers Land. Es ist anstrengend, auf dem Notsitz das Gleichgewicht zu halten, durchgefroren, wie wir sind. Sara sitzt da wie ein Häufchen Elend, sie tut mir trotz allem leid. Ich würde ihr gerne etwas Nettes sagen, doch mir fällt in dem Moment absolut nichts ein, und selbst wenn, würde der Lärm es glatt übertönen.

9

Nach einer Ewigkeit nähern wir uns der Stelle, an der die Straße bergauf führt und wir Armin anschieben mussten. Der Bauer schaltet runter. Mühelos erklimmt der Traktor den Hügel und hinterlässt seine grobstollige Spur im Mutterboden.

Wir kommen langsam, aber stetig voran, ich halte ein Auge auf die Straße vor uns, um die richtige Stelle nicht zu verpassen. Dabei denke ich an gar nichts und bin nur noch müde. Ich versuche, die Zeiger auf meiner Uhr zu finden, doch es ist zu dunkel und die Lampe drüben bei Sara.

„Stopp!", schreie ich dem Fahrer zu, als ich das Loch in der Schneewand sehe.

Mit einem Rucken kommt der Traktor zum Stehen. Vorsichtig hangele ich mich vom Bock und helfe Sara beim Runtersteigen. Sie strauchelt

und fällt mir regelrecht in die Arme. So nah waren wir uns noch nie. Schnell löst sie sich wieder von mir.
Was zuerst auffällt ist, dass der Toyota vollkommen im Dunkeln liegt. Ich rutsche die steile Böschung hinunter und öffne die Türen des Wagens. Er ist leer. Unser Gepäck befindet sich zwar noch an seinem Platz im Kofferraum, aber dafür existiert keine Spur von Judith, Tim und Armin.
Sara ist mir nachgekommen, anscheinend will sie nicht alleine bei dem Treckerfahrer bleiben, der uns von der Straße aus zusieht. Ich lasse mir die Taschenlampe geben und beginne damit, den Schnee nach frischen Fußabdrücken abzusuchen. Außer unseren eigenen kann ich keine ausmachen, selbst die von heute Abend sind wieder vom Neuschnee bedeckt worden.
„Und, was denkst du?“, fragt Sara, die sich selbst zu umarmen scheint.
„Ist dir immer noch kalt?“
Sie nickt. „Und nicht zu knapp.“
„Wir brauchen hoffentlich nicht lange. - Was soll ich worüber denken?“
„Wo sie sind“, sagt Sara.

„Keine Ahnung. Vielleicht hat sie jemand mitgenommen, oder sie haben es zu Fuß in der anderen Richtung versucht."
Sara wählt zunächst Tims Nummer, dann die von Judith, bekommt aber mit ihrem Handy mal wieder keinen Empfang.
„Es lebe das Kommunikationszeitalter", meint sie und steckt das Telefon wieder ein.
Da unklar ist, wo die drei stecken, entschließe ich mich dazu, das Pferd von der anderen Seite aufzuzäumen. Ich klettere wieder die Böschung hinauf zu dem Bauern, der vor seinem Traktor steht und über meine Schulter weg zu unserem Auto hinüberstiert.
„Wie ham'Sen das geschafft?", ist alles, was er dazu zu sagen hat.
Ich folge seinem Blick.
„Wir wurden von einem entgegenkommenden Wagen absichtlich von der Straße gedrängt. Einem *Gelände*wagen."
Beim letzten Wort sehe ich ihn scharf an, doch der Mann zuckt nicht mal mit der Wimper, sondern spuckt bloß an mir vorbei in den Schnee.
„Kommt vor."

„Ja, kommt offensichtlich vor. Seltsam nur, dass der Geländewagen, der das verursacht hat, vor Ihrer Scheune parkt."
Er macht eine gelangweilte Handbewegung. „Den kenn ich nicht. Hab ich schon mal gesagt."

10

Es hat keinen Zweck. Vielleicht bin ich ihm gegenüber ja auch ungerecht, aber seine zähe und schroffe Art macht mich rasend. Außerdem habe ich keinen Schimmer, wo Judith, Armin und Tim stecken, und Sara ist mir in dieser Lage auch keine große Hilfe. Ich erinnere mich daran, was ich den Mann fragen wollte.

„Meinen Sie, wir könnten den Wagen mit dem Traktor da rausziehen?"

„Jaa", kommt es gedehnt aus seinem Munde, „aber jetzt nicht."

„Wieso nicht?"

Er gibt keine Antwort, sondern dreht sich um und geht zu seinem Traktor hinüber.

„Wieso nicht?", wiederhole ich und folge ihm.

„Ist zu spät. Hab auch kein Stahlseil da."

Ich betrachte mir die Winde am Vorderteil des Treckers.

Ein Hanfseil, stark genug, um Baumstämme zu ziehen, ist darauf aufgerollt.

„Und das da?"

Er schüttelt den Kopf. „Hält nicht."

„Versuchen wir's!"

Der Mann mustert mich von oben bis unten. Mir ist klar, dass ich ihm ziemlich unverschämt erscheinen muss, aber das ist mir egal.

„Kommen Sie schon, versuchen wir's! Wenn es tatsächlich reißen sollte, ersetze ich es Ihnen."

Er murrt, und ich lasse ihm Bedenkzeit. So ein Hanfseil ist schließlich nahezu unersetzlich.

Sara kommt zu uns herüber.

„Und?"

„Nichts", sagt sie. „Ich hab alles abgesucht. Keine Spur von den dreien."

Ich bin etwas ratlos, was die anderen betrifft.

„Was sollen wir jetzt machen?"

„Der Trecker hat eine Winde", erkläre ich ihr. „Erstmal ziehen wir das Auto auf die Straße zurück, dann kann Armin wenigstens bis zum Hof fahren, wenn sie wieder zurückkommen. Vielleicht sind sie aber ohnehin schon auf dem Weg dahin, und wir haben sie unterwegs verpasst."

Ich drehe mich zu dem Mann um, der neben dem Traktor steht. „Also, fangen wir an?“
Er schaut missmutig drein, und für einen Augenblick denke ich, er wird sich weigern. Doch dann schwingt er sich auf den Fahrersitz und startet den Motor. Langsam rollt er die Böschung hinunter und bleibt direkt unterhalb von ihr stehen.
Ich helfe ihm beim Abspulen des Seils von der Rolle. Der Abschlepphaken von Armins Wagen ist durch eine Klappe verdeckt. Beim Versuch, sie mit dem Schraubenzieher zu lösen, mache ich einen Kratzer in den Lack.
Den schweren Haken am Ende des Seils befestige ich am Auto und gebe dem Bauern ein Zeichen. Der legt den Rückwärtsgang ein, das Seil strafft sich, und der Toyota kommt ins Rucken. Er steckt tief im Schnee, der zwischenzeitlich gefroren ist, und ich schiebe von hinten nach.
Wir benötigen fünf, sechs Versuche, dann ist das Auto frei und holpert schwerfällig auf den Traktor zu. Keuchend laufe ich ihm hinterher. Bis zur Böschung haben wir es geschafft, doch das schwerste Stück kommt erst noch.

Ich löse das Seil vom Haken, und der Mann fährt um den Wagen herum und mit Schwung den Abhang hoch. Oben angekommen, dreht er und wirft mir das Seil zu.

11

Armins Auto steht jetzt genau unterhalb der Stelle, an der es die Straße verlassen hat. Ich befestige das Seil wieder an dem Abschlepphaken und trete beiseite.

„Okay!“, schreie ich gegen das Motorgeräusch des Treckers an.

Er steht bedrohlich nahe am Rand des Abhangs, die Scheinwerfer strahlen weit in die Nacht hinaus. Der Dieselmotor läuft auf Hochtouren, das Seil strafft sich erneut, und die grobstolligen Reifen stemmen sich gegen das Gewicht, das daran zieht.

Zentimeterweise kriecht der Toyota die Böschung hinauf, bis uns ein hässliches Geräusch darauf aufmerksam macht, dass das Seil der Belastung nicht standhalten wird.

„Stopp!“, rufe ich, als ich die zerfaserte Stelle sehe, doch es ist schon zu spät.

Mit einem Peitschenknall reißt das Seil. In Zeitlupe rollt Armins Auto durch den Schnee die paar Meter zurück, die wir bereits gewonnen hatten, und bleibt auf der Ebene stehen.
Ich sehe zu dem Mann hinauf, der wieder in den Leerlauf schaltet, vom Bock springt und den Rest des Seils von der Winde zerrt. Er wirkt wütend.
„Hab's ja gesagt!", brüllt er in die Nacht hinein und schleudert den Seilstrang über meinen Kopf hinweg in Richtung des Autos. Er winkt mir mit einer unwirschen Handbewegung, mitzukommen.
„Hab's ja gesagt", ahmt Sara ihn leise nach und imitiert auch gleich noch seinen stampfenden Schritt.
„Schön, wenigstens haben wir es versucht."
Bevor ich gehe, schreibe ich den anderen noch auf, wo wir zu finden sind, und lege den Zettel auf den Fahrersitz. Dann nehme ich einen halbleeren Rucksack aus dem Kofferraum, packe uns ein paar Sachen für die Nacht ein und schnalle ihn mir auf den Rücken.

12

Der Fahrtwind fühlt sich kühl auf meinem verschwitzten Gesicht an. Ich bin ziemlich zerschlagen, doch was mir im Moment am meisten zu schaffen macht, ist die Tatsache, dass wir eigentlich nichts erreicht haben.

Die Karre steckt noch immer buchstäblich im Dreck, Judith und Armin sind nun auch noch verschwunden, und Sara und mir steht eine Nacht im Haus dieses komischen Kauzes bevor, der bislang fast sämtliche Klischees von einem Bauernschrat bedient hat.

Überdies ist fraglich, was wir morgen bewerkstelligen können. Da Armin die Schlüssel mitgenommen hat, werden wir nicht einmal imstande sein, den Wagen zu fahren, falls wir ihn überhaupt wieder auf die Straße bringen. Es gilt jetzt, das Nächstliegende zu tun, und das heißt für uns: Schlafen.

Als wir auf den Hof einbiegen, sehe ich sofort, dass der Geländewagen verschwunden ist. Dafür glimmt hinter einem der Fenster im oberen Stockwerk ein schwaches Licht. Ich zeige es Sara, sie nickt. Vor dem Tor lässt der Mann uns absteigen, und im Rückwärtsgang versenkt er den Traktor in den Tiefen der Scheune.

„Leben Sie alleine hier?“, frage ich, als er wieder zum Vorschein kommt und das Tor zuschiebt. Er gibt mir keine Antwort und schlurft an mir vorbei, als habe ich gar nichts gesagt. Während er die Haustür aufschließt, sehe ich nach oben. Das Licht ist gelöscht worden, und das Haus liegt wieder in vollkommener Dunkelheit da, düster und abweisend.

Drinnen riecht es muffig wie in einem Museum. Sara wartet in der Diele auf mich, während der Bauer vorausgeht und Licht macht. Wir betreten die Küche, in der noch die Schwaden irgendeines Eintopfes hängen, und setzen uns auf die Eckbank hinter dem Esstisch.

„Ahh!“, entfährt es uns gleichzeitig, die Wärme der Küche und die Weichheit der Sitzauflagen sind eine Wohltat nach der frostigen Rüttelei auf dem Traktor.

Der Mann kümmert sich nicht um uns und fuhrwerkt an dem antiquierten Gasherd herum. Von der Decke herab verbreitet eine Energiesparlampe trübes Licht und versetzt uns in eine Art Dämmerzustand. Ich könnte auf der Stelle einschlafen.

Ich tue es wohl auch, bis mich das gleißende Licht der nun vorgeglühten Lampe aufschrecken lässt. Sara neben mir zuckt leicht zusammen, anscheinend war auch sie eingenickt.

Wir schauen uns um. Der Bauer ist verschwunden, in dem Stockwerk über uns knarzen die Dielen. Von dem Hund hingegen ist nichts zu hören.

Die Küche sieht in dem grellen Licht ziemlich trostlos aus, daran können auch der Dielenboden und die einstmals wohl gemütliche, heute nur noch altbackene Einrichtung nichts ändern. Die Vorhänge sind bestimmt seit Jahren nicht gewaschen worden, und in den Ritzen des abgestoßenen Herdes haben Soßenreste dicke Krusten gebildet.

„Rübezahl scheint Junggeselle zu sein", sage ich zu Sara. Sie lächelt. Endlich.

13

Auf einer Treppe im hinteren Teil des Hauses sind unregelmäßige Schritte zu hören.
Der Bauer kommt in die Küche zurück, wirft uns einen kurzen, missmutigen Blick zu und stellt sich wieder an den Herd.
„Ich hab euch ein Bett gemacht“, meint er mit dem Rücken zu uns.
„Vielen Dank“, ich räuspere mich, „das ist sehr nett.“
Der Mann nimmt zwei Tassen aus dem Schrank und gießt etwas hinein. Dann dreht er den Herd aus, kommt zu uns herüber und stellt sie vor uns auf den Tisch. Anscheinend bemerkt er unser Misstrauen bezüglich des Inhalts.
„Tee“, erklärt er knapp, dreht sich um und geht wieder hinaus.
„Danke“, sagt Sara leise und sieht zu mir herüber. Ich zucke mit den Schultern.

Der Tee tut gut nach all dem Schnee und der Kälte. Wir trinken ihn in kleinen Schlucken, und mit jedem einzelnen von ihnen fühle ich ein bisschen mehr Leben in mich zurückkehren. Sara wärmt sich die Hände an ihrer Tasse.

Der Bauer kommt zurück und fragt: „Fertig?“

Wir bejahen, und er macht uns Zeichen, ihm zu folgen. Auf die Idee, uns etwas zu essen anzubieten, kommt er allerdings nicht.

Durch einen dämmrigen Flur gelangen wir zu einer steilen, hölzernen Treppe, unter der unzählige Paare Gummistiefel wie Brennholz aufgeschichtet sind. Die Stufen sind abgeschabt und durchgetreten, doch der Mann steigt sie trotz seines lahmen Beines mit einer Behändigkeit hinauf, die ich ihm nicht zugetraut hätte.

Oben angekommen, geht es durch einen weiteren schmalen Gang, an dessen Ende er stehen bleibt und eine Tür öffnet. Dahinter befindet sich eine Art Gästezimmer mit einem schmalen Doppelbett in der Mitte und einem alten Kleiderschrank an der Wand.

Der Rest des kleinen Raumes wird von allerlei Kisten, einem Kleiderständer, an dem zahlreiche Sachen in Zellophanhüllen hängen, einem

Vogelkäfig und anderem Gerümpel eingenommen. Wahrscheinlich wird er normalerweise als Abstellkammer genutzt.

Das Bett ist mit einem frischen Laken bespannt, auf dem zwei akkurat zusammengefaltete Decken, zwei Kissen und passende Bezüge liegen.

„Vielen Dank", sage ich noch einmal, da mir nichts Besseres einfällt.

Der Bauer nickt als Antwort und zeigt auf eine Tür gegenüber.

„Und da", er öffnet sie, im Halbdunkel ist ein Klosett zu erkennen, „da ist …"

Er spricht das Unaussprechliche nicht aus, sondern zeigt nur mit dem Daumen darauf. Man sieht ihm an, dass es ihm peinlich ist. Wir nicken zum Zeichen dafür, dass wir verstanden haben. Ohne ein weiteres Wort macht er kehrt und steigt die Treppe wieder hinunter.

14

„Komischer Typ“, sagt Sara.
Wir bahnen uns vorsichtig einen Weg durch das Gerümpel und ziehen die Hüllen auf die Kissen auf.
„Heimelig hier.“
„Und nur ein Bett.“ Sara ächzt. „Sieht so aus, als müssten wir da wohl durch.“
„Hier, ich hab dir ein paar Sachen mitgebracht.“
Ich reiche ihr meinen Rucksack, um ihre Unterwäsche nicht vor ihren Augen noch einmal angreifen zu müssen.
„Danke, die kann ich jetzt auch gebrauchen. Aber als Erstes teste ich mal die sanitären Einrichtungen.“
Sie schlüpft durch die Tür und verschwindet auf der Toilette. Ich setze mich derweil aufs Bett und packe die Sachen aus, die ich aus Armins Auto mitgenommen habe.

Die Matratze ist alt und hängt zur Mitte hin gewaltig durch, aber in dieser Nacht wird es der Himmel auf Erden sein. Zur Not würde ich - müde, wie ich bin - auch auf blankem Beton schlafen.
Sara kommt zurück und kramt in ihren Jackentaschen.
„Was suchst du?“
„Schon gefunden“, sagt sie und hält ihr Handy hoch. Sie versucht es noch einmal mit Tims Telefonnummer, dann mit der von Judith.
„Pff.“ Sie macht ein enttäuschtes Gesicht und wirft das Handy aufs Bett.
„Mach dir keine Sorgen“, sage ich, „morgen wird alles gut.“
„Fürs Erste wäre ich schon zufrieden, wenn ich ein Netz bekäme“, meint sie. „Aber dazu müssten wir erstmal die Steinzeit überspringen. Du hast ja gehört, der Typ hat nicht mal ein normales Telefon. Wundert mich, dass er überhaupt wusste, was das ist.“
„Hast du Hunger?“, versuche ich sie abzulenken. „Oder Durst?“
Ich strecke ihr die Packung mit den Keksen und die Dose hin, die ich gerade geöffnet habe.

„Klar." Sie schiebt sich einen Butterkringel in den Mund. „Was ist in der Dose?"
„Eistee", sage ich.
„Ausgerechnet?"
„Tut mir leid, aber wir haben nichts anderes."
„Ist ja auch schön erfrischend bei dieser Hitze draußen."
Sie setzt sich zu mir aufs Bett, und ich muss unwillkürlich an Tim denken. Besser gesagt, denke ich daran, dass Sara seine Frau ist.
„Tja, dann bin ich wohl der Nächste." Ich stehe auf. „Wie sind denn die sanitären Einrichtungen im Wirtshaus im Spessart?"
„Na ja, sagen wir's mal so: Ich würde dir empfehlen, aufzupassen, wo du hintrittst."
„Verstehe. Dann bis gleich."
Als ich wieder ins Zimmer trete, liegt Sara schon unter der Decke. Ich bin ich es nicht gewohnt, zu der Frau meines Arbeitskollegen ins Bett zu steigen, daher bin ich ein bisschen befangen. Vom Bett abgewandt, ziehe ich meine Jeans und den Pullover aus und will mich eben hinlegen, als sie sagt: „Machst du noch das Licht aus?"
Richtig, Macht der Gewohnheit. Meine Nachttischlampe ist zu Hause stets in Griffweite.

Ich erhebe mich wieder, steige über den Vogelkäfig, gehe zum Schalter neben der Tür und lösche das Licht. Dann versuche ich das Ganze umgekehrt im Dunkeln noch einmal und stoße mir prompt den Fuß an dem Käfig, der mit lautem Getöse umfällt.
„Sorry", flüstere ich unnötigerweise und finde endlich zu meiner Bettseite. Ich werfe meine Socken ins Dunkel und ziehe die Decke über mich.
Durch mein Gewicht rollt Sara Richtung Bettmitte, und für einen Augenblick berühren sich unsere Schultern. Dann dreht sie sich wieder beiseite, nur ihre kalten Füße lässt sie in meiner Betthälfte zurück.
„Was wohl die anderen jetzt machen?", höre ich sie sagen.
Es ist die Frage, die über uns schwebt, die ganze Zeit schon, doch jetzt, da wir für einen Moment Ruhe gefunden haben, kommt sie uns allmählich wieder zu Bewusstsein, drängender als zuvor.
Ich habe nur ein paar vage Vermutungen, aber selbst die erscheinen mir nicht logisch genug, um sie zu äußern.

Also liege ich da und höre dem Wind zu, der durch die Holzläden bläst.
Wenn Tim, Judith und Armin von jemandem mitgenommen wurden, hätten sie sicher darum gebeten, uns an dem Bauernhof aufzulesen. Uns ist aber unterwegs kein anderes Auto begegnet, also scheidet diese Möglichkeit aus. Oder haben sie vielleicht einen anderen Weg zu dem Hof gewählt?
Wahrscheinlich hat sie jemand in die andere Richtung mitgenommen. Dann aber stellt sich die Frage, warum sie nicht länger als die Stunde auf uns gewartet haben, nach der wir wieder am Auto eingetroffen sind.
Was wohl die anderen jetzt machen? Mit diesem Gedanken schlafe ich ein.

15

Ich schrecke hoch, als mich jemand an der Schulter rüttelt. Keine Ahnung, wie lange ich geschlafen habe. In dem Zimmer ist es stockfinster, und ich brauche ein paar Sekunden, ehe mir wieder einfällt, wo ich bin.
„Heh, wach auf“, zischt mir Sara ins Ohr.
Ich drehe mich zu ihr um, obwohl ich sie mehr spüren als sehen kann.
„Was?“
„Da ist jemand vor der Tür“, flüstert sie.
Unterhalb des Türblattes zeichnet sich ein schmaler Lichtstreifen ab.
„Bist du sicher?“, frage ich.
„Ja, ganz bestimmt. Ich bin wach geworden und habe Schritte gehört. Und vor unserer Tür haben sie Halt gemacht.“
Ich ahne, was von mir verlangt wird, und krabbele über das Bett, um nachzusehen, wobei

ich Acht gebe, die Nummer mit dem Käfig diesmal auszulassen.
Das Deckenlicht des Flures offenbart die ganze Scheußlichkeit der Tapete, doch zu sehen ist niemand. Ich tappe vorsichtig in Richtung Treppe und komme dann wieder zurück.
Ehe ich in unser Kämmerchen zurückgehe, horche ich auf Geräusche aus der Toilette. Nichts. Ich klopfe und öffne die knarrende Tür, auch hier ist niemand. Also schalte ich das Licht im Gang aus und gehe wieder zu Sara.
„Was war?“, kommt ihre Stimme aus dem Dunkel.
„Nichts. Außer uns scheint niemand wach zu sein.“
„Aber ich hab doch was gehört. Und das Licht auf dem Flur?“
„Wahrscheinlich war jemand auf dem Klo und hat es brennen lassen.“
Ich finde mein Kissen und lege mich erneut ins Bett. Jeder einzelne meiner Muskeln verlangt nach Entspannung, unter keinen Umständen werde ich noch einmal aufstehen.
Fast augenblicklich verwandele ich mich in einen Sandsack. Schwer sinke ich in die Matratze ein,

der Schlaf wabert über meine Gedanken hinweg, Traumfetzen fliegen mir entgegen ...
„Du?"
Ja? frage ich in meinem Traum, in dem ich neben meinem Vater in einem Geländewagen hoch über der Straße sitze. Ich kann sein Gesicht nicht erkennen, aber ich weiß, dass er es ist. Der Wagen gleitet wie auf Kufen quer übers Eis, die Straße rutscht unter meinem Seitenfenster hindurch. Wie der Kapitän eines Schiffes kurbelt mein Vater am Lenkrad, es macht sieben, acht Umdrehungen, aber das finde ich ebenso wenig seltsam wie die Tatsache, dass seine Lippen sich beim Sprechen nicht bewegen.
„Du?"
Das darf nicht wahr sein. Der Geländewagen löst sich in Luft auf.
„Hm?"
Langsam beginne ich zu verstehen, warum Tim und Sara sich so oft streiten.
„Was werden wir morgen tun?"
„Ich weiß noch nicht. Jetzt aber erstmal schlafen. Gute Nacht."
„Gute Nacht", sagt Sara, ohne dass es besonders überzeugend klingt.

Ich bin mir sicher, dass die anderen irgendwo einen Unterschlupf gefunden haben und uns morgen abholen kommen. Auf jeden Fall habe ich keine Kraft mehr, mir darüber den Kopf zu zerbrechen, was wir tun, wenn sie nicht als Erste aufkreuzen.
Mein Traum kehrt zurück, diesmal klammere ich mich an ihm fest.

Sonntag

16

Am nächsten Morgen ist es noch immer dunkel. Die Läden lassen nur wenig Licht ins Zimmer, gerade genug, um die Konturen des Kleiderschranks zu erkennen.

Verschlafen registriere ich, dass Saras Kopf an meiner Schulter liegt, was sich gar nicht so unangenehm anfühlt. *Sie ist eine Zicke*, rufe ich mir zur Sicherheit gerade noch in Erinnerung, ehe ich mich allzu behaglich fühle. Gaaanz vorsichtig, um sie nicht zu wecken, schlüpfe ich aus dem Bett und mache mich auf die Suche nach meinen Jeans.

Die Treppe hinab- ist noch schwieriger als sie hinaufzusteigen, ich muss meine Tritte quer setzen. Im Haus ist es vollkommen still, außer uns scheint niemand da zu sein. Die handgeschnitzte Uhr an der Wand durchtickt die Stille, es ist Viertel nach neun.

Ich beschließe, die Situation zu nutzen und mich etwas umzusehen. Das ist zwar nicht sehr höflich, aber dieser komische Waldschrat macht mich neugierig.
Man kann nicht sagen, dass das Haus einen bei Tage Willkommen heißt, aber es sieht schon nicht mehr ganz so düster aus wie nachts. Die ganze Einrichtung - Cordcouch aus den Siebzigern, der frühe Nordmende in der Ecke und überall Nippes im Regal - wirkt kitschig und ziemlich willkürlich zusammengestellt.
Hinterm Schuppen finde ich den Hausherrn. Er ist in Gummistiefeln und schaufelt Erde auf einen Anhänger. Ich gehe rüber zu ihm und frage, wann wir nach unserem Wagen sehen können. Er ist mal wieder kurz angebunden und meint, wir sollen erst mal frühstücken, er habe noch zu tun. Also gehe ich wieder ins Haus zurück, wo Sara soeben die Treppe runterkommt.
„Lass dir Zeit, wir frühstücken noch", sage ich und bugsiere sie in Richtung Küche.
„Gott sei Dank." Sie reibt sich mit dem Handballen die Augen. Anscheinend hat sie schlecht geschlafen.

„Was willst du haben?“, frage ich sie. „Sekt- oder Kontinentalfrühstück?“
„Kaffee.“
„Schon in Arbeit. Und dazu?“
„Kaffee.“ Sara gähnt.
„In Ordnung. Das krieg ich hin.“
Viel ist nicht im Kühlschrank, wir müssen uns mit Eiern und etwas Käse begnügen, und statt des erhofften Bauernbrotes finde ich nur eine angebrochene Packung Knäckebrot, aber im Vergleich zu unserem gestrigen Abendmahl ist das schon eine deutliche Steigerung. Ich brate uns die Eier, Sara übernimmt währenddessen den Kaffee.
Durch das winzige Fenster über dem Kühlschrank kann ich den Mann sehen, der noch immer seinen Anhänger voll schaufelt. Der Himmel über ihm ist von einem kalten, schmutzigen Grau, aber an diesem Morgen ist es vielleicht die hoffnungsvollste Farbe, die man erwarten darf.
Die Eier sind fertig, ich platziere sie auf zwei Brotscheiben und drehe das Gas ab.
„Was jetzt?“, fragt Sara nach dem Frühstück und schiebt den Teller von sich.

„Jetzt packen wir unsere Siebensachen, lassen uns von dem guten Mann zu unserem Auto fahren, ziehen es aus dem Graben und suchen die anderen, falls sie nicht ohnehin schon da sind."

„Ich probier's gleich nochmal mit dem Handy. Vielleicht komm ich heute endlich durch."

Während ich das Geschirr auf die Spüle stelle, tippt sie die Wahlwiederholung ein.

„Na?", frage ich.

„Same procedure as every day."

„Was?"

„Na, was wohl? Kein Empfang."

Die Sachen sind schnell gepackt, wir tragen sie hinunter in die Küche. Ich spähe durchs Fenster, der Mann ist verschwunden. Nur der Hänger steht da, vollgeladen mit dunklen, spatengroßen Erdschollen.

Wir räumen ein bisschen auf, spülen unser Geschirr unter dem kalten Wasserstrahl und stellen es zurück an seinen Platz. Als ich wieder nach draußen sehe, kommt der Mann gerade mit einer Schubkarre aus dem Schuppen heraus. Er erblickt mich und macht mir Zeichen. Ich öffne das Fenster.

„Wir können jetzt los!“, ruft er und hält die Stahlkette, die in der Schubkarre liegt, an einem Ende hoch.
Sara hat wieder ihren starren Ausdruck auf dem Gesicht, als wir die Einfahrt zum Hof hinunter und auf die Straße hinaus fahren. Wahrscheinlich macht sie sich Sorgen um Tim oder denkt an ihren Krach vom Vortag, ich lasse sie jedenfalls in Ruhe.
Hie und da reißen die Wolken auf und geben den Blick frei auf trübes Blau. Sicher, wir haben schon schönere Tage erlebt in diesem Urlaub, aber in der Not können schließlich auch Spiegeleier auf Knäckebrot einen Hochgenuss darstellen. Nach dem gestrigen Tag bin ich jedenfalls nicht wählerisch.
Zwar habe ich meine Zweifel, dass wir den Wagen heute noch hinbekommen werden, aber ich bin zuversichtlich, ihn zumindest aus dem Graben herauszubekommen. Notfalls muss er eben hier bleiben.
Ich frage mich bloß, weshalb Judith und die anderen noch nicht aufgekreuzt sind. Wo immer sie übernachtet haben, sie müssen ihrerseits doch längst auf der Suche nach uns sein.

Vielleicht werden wir sie unterwegs ja aufgabeln. Uns bleibt nur der Zufall, Saras Handy verweigert noch immer den Dienst.

17

Wir erreichen die Stelle, an der wir gestern Abend von der Straße gedrängt wurden.
Bei Tag sieht alles ganz anders aus. Übersichtlicher. Die Nadelwälder scheinen über Nacht geschrumpft zu sein, und von den Hügeln aus, über die die Straße führt, kann man in einiger Entfernung weitere Gehöfte und einen Kirchturm sehen, der wohl zu dem Dorf gehört, das wir gestern Abend vergeblich gesucht haben.
Was wir dagegen nicht sehen, ist Armins Auto. Da ist die Lücke im Schnee, da sind die Reifen- und Fußspuren auf der Straße. Unsere und einige mehr, wie mir scheint. Was fehlt, ist der Wagen selbst.
Ich steige die Böschung hinunter und sehe mich nach Anzeichen für das um, was in der Nacht geschehen sein mag. Man kann die Stelle erahnen, an der wir den Toyota zurückgelassen

haben. Ein paar Meter weiter liegt das schneeüberzogene Ende des Hanfseils.

„Hier!“, ruft Sara von der Straße her. Sie hält einen Zettel hoch. Ich gehe zu ihr, um ihn mir anzusehen, doch es ist nur meine eigene Nachricht, die ich gestern für die anderen zurückgelassen habe.

„Sagen Sie“, wende ich mich dem Mann zu, der an der Winde lehnt, „in welcher Richtung liegt die nächste Werkstatt?“

„Werkstatt?“ Er spuckt aus. „Gibt’s hier nicht.“

Moment mal. Hatte er nicht letzte Nacht erwähnt, dass die Werkstatt schon geschlossen habe? Oder hat er das nur gesagt, um uns wieder loszuwerden?

„Na ja, dann eben die nächste Tankstelle. Irgendwas, wo man ein Auto reparieren kann.“

Er zeigt auf den Kirchturm, der aus der Winterlandschaft herausragt.

„Im Ort.“

„Wie weit ist das denn?“

„Paar Kilometer.“

„Würden Sie uns noch bis dorthin mitnehmen?“

Er nickt bloß, als habe er die Frage erwartet, und steigt auf den Bock. Wahrscheinlich ist er froh, uns danach los zu sein. Ich helfe Sara auf den Trecker rauf, und wir setzen unseren Weg in Richtung der Ortschaft fort.

Nur wenige hundert Meter hinter der Unfallstelle wird die Straße deutlich besser, anscheinend ist ab hier irgendwann mal neu asphaltiert worden. Schneller kommen wir dadurch nicht voran, der Traktor hält eisern an seinem Schritttempo fest.

Es scheint Stunden zu dauern, bis wir endlich das Ortsschild *Finkenrain* passieren, auf dem ein grober Witzbold mit einem Filzstift das erste *n* durchgestrichen und dafür ein *c* eingefügt hat.

Vor der Tankstelle lässt der Mann uns absteigen.

„Vielen Dank für alles. Es war wirklich sehr nett von Ihnen“, sage ich und halte ihm der Form halber einen Fünfzig-Euro-Schein hin. Er steckt ihn ohne ein weiteres Wort ein, wendet und fährt davon.

18

Da stehen wir mit unseren Habseligkeiten. Ich schnappe mir den Rucksack und sehe mich nach Armins Wagen um, kann ihn aber nirgends entdecken, ebenso wenig wie Judith, Tim und Armin selbst.

Überhaupt scheint das Örtchen irgendwie ausgestorben zu sein. Kein Mensch ist auf den Straßen unterwegs, und die Tür zur Tankstelle ist verschlossen. *Mittagspause* steht auf einem selbstgemalten Schild. Ich schaue auf die Uhr, es ist nicht mal elf.

„Hat wohl keinen Sinn, hier zu warten“, sage ich zu Sara, die die fürchterliche Dekoration eines Schaufensters begutachtet, während sie sich ihr Handy ans Ohr hält.

„Was?“

„Ich sagte, es hat keinen Sinn, zu warten. Wer weiß, wann deren Mittagspause vorbei ist.“

Sie klappt das Handy zu. „Was schlägst du vor?"
„Lass uns irgendwo noch einen Kaffee trinken. Vielleicht gibt's hier auch eine Telefonzelle, dann können wir es zur Abwechslung mal auf die ganz altmodische Tour versuchen."
Wir finden jedoch nur eine kleine Bäckerei, die gleichzeitig als Tante-Emma-Laden fungiert. Die Frau hinterm Tresen ist uns gegenüber kurz angebunden, gibt uns aber den Tipp, es in einer halben Stunde nochmals an der Tankstelle zu versuchen.
Es stellt sich heraus, dass der Besitzer ihr Schwiegersohn ist und er um diese Zeit zu Hause frühstückt. Bei letzterer Information lässt sie ihre Augen über die Backwaren in der Vitrine wandern. Höflichkeitshalber kaufe ich ein paar Brötchen und Dosencola, um meinen Koffeinspiegel ein bisschen hochzutreiben.
„Ist schön kühl, nicht?", meint die Frau, als ich die Dosen aus dem Regal nehme. Ich bin mir nicht ganz sicher, ob sie das im Ernst meint, aber immerhin lässt sie mich ihr Telefon benutzen.
„*Der gewünschte Teilnehmer ist zur Zeit nicht erreichbar*", kommentiert eine Frauenstimme vom

Band meine Versuche, Judith und Tim auf ihren jeweiligen Mobiltelefonen zu erreichen.
Groß ist das Dorf nicht. Es gibt die Hauptstraße, über die wir gekommen sind und die von vereinzelten Häusern gesäumt wird. Dann noch vier oder fünf Gässchen, die von der Hauptstraße abgehen und allesamt in Feldzufahrten enden, sowie die kleine Kirche, in der gerade Gottesdienst gehalten wird, dazu die Tankstelle, zwei Strickwarengeschäfte, eine Ausstellungsfläche für landwirtschaftliche Kleingeräte und den Tante-Emma-Laden-Schrägstrich-die-Bäckerei. Wir laufen die Gässchen eins nach dem anderen ab, folgen der Hauptstraße bis zum Ortsausgang und machen wieder kehrt.
Als wir an der Tankstelle eintreffen, ist die halbe Stunde um. Von dem Tankwart keine Spur. Wir setzen uns auf eine Mauer und warten.
„Dass die überhaupt heute arbeiten", wundert sich Sara, „man sollte meinen, hier geht sonntags niemand vor die Tür, jedenfalls nicht zum Tanken. Und großer Durchgangsverkehr herrscht ohnehin nicht."
Das stimmt allerdings. Seit unserer Ankunft ist nicht ein einziges Auto vorbeigefahren. Die

wenigen im Ort geparkten sind von einer dicken Schneedecke verhüllt.
„Sieht aus, als würden hier die Bürgersteige spätestens am Nachmittag hochgeklappt“, sage ich und kriege fast einen Herzinfarkt, als die Kirchenglocken hinter mir zu läuten beginnen.

19

Die Messe ist zu Ende, und eine Handvoll Menschen kommt aus der Kirche. Alle sehen sich auf geradezu unheimliche Weise ähnlich. *Incest is a game the whole family can play*, an das Graffiti habe ich schon seit Jahren nicht mehr denken müssen. Auch das verunstaltete Ortsschild kommt mir bei der Gelegenheit wieder in den Sinn. Ich frage ein paar Kirchgänger nach Armins Wagen, aber keiner hat etwas gesehen. Endlich kommt auch der Tankwart. Es ist inzwischen kurz nach zwölf. Die Klapperkiste, aus der er aussteigt, spricht nicht für sein Talent als Mechaniker, und ich habe plötzlich das Gefühl, dass wir Armins Auto hier nicht finden werden.

„Nee, hab ich nicht gesehen“, sagt er denn auch prompt. „Wo soll das passiert sein?“

Ich beschreibe ihm die Unfallstelle.

„Nee“, wiederholt er, „keine Ahnung. Ich hätte ja auch überhaupt keinen Abschleppwagen.“
„Gibt es denn hier in der Nähe einen?“
„Ja, klar. Köck.“
„Wie bitte?“
„Köck. Handelt mit Mähmaschinen.“
„*Mähmaschinen*? Und der hat wirklich einen Abschleppwagen?“, frage ich zweifelnd.
„Die Dinger bleiben halt auch manchmal liegen.“
„Und wo finden wir diesen Köck?“, will Sara wissen.
„In Moorach.“
Er weist mit dem Kopf in die Richtung, aus der wir gekommen sind.
„Ist der nächste Ort in dieser Richtung. Sie müssten eigentlich vorhin dran vorbeigefahren sein.“
Na super, wir müssen also wieder zurück auf Start. Aber ich bin mittlerweile einigermaßen geübt darin, schnell zu handeln.
„Könnten Sie mal bei diesem Köck anrufen, ob unsere Freunde dort sind?“
„Klar. Kommen Sie rein, mein Telefon ist im Büro.“

Das *Büro* des Tankwarts ist ein winzigkleiner, gläserner Verschlag und sieht aus, als sei es in Wirklichkeit eine recycelte Telefonzelle, um die herum man die Tankstelle gebaut hat. Auf einem alten Küchentisch ist eine immerhin elektrische Kasse montiert, neben der sich Rechnungen für Diesellieferungen stapeln, dahinter steht ein einfacher Holzstuhl.

Der Tankwart setzt sich und entnimmt der Schublade des Tisches ein zerfleddertes und ölverschmiertes Notizbuch. Eine Weile blättert er darin herum und geht dann hinüber zum Telefon, das an der Wand hängt. Er wählt eine Nummer und wartet.

„Setzen Sie sich doch", sagt er zu Sara, den Hörer am Ohr. „Hallo, Paul? Berthold hier. Wie geht's? - Ja, auch. Es muss. - Was? - Nein, schon lange nicht mehr. Hat doch jetzt nen künstlichen Ausgang ..."

Er dreht sich zur Wand und informiert Herrn Köck zunächst über den Gesundheitszustand gemeinsamer Bekannter. Hinter seinem Rücken schneiden Sara und ich uns Grimassen. Endlich kommt der Tankwart auf Armins Toyota zu sprechen.

„... ist da? Ja? Super!“
Er macht eine Pause und zeigt uns einen emporgereckten Daumen.
„Und die Besitzer? Sind sie bei dir?“
Es entsteht eine längere Pause.
„Nein, aber die Freunde der Leute sind hier.“
Seine Mundwinkel rutschen plötzlich nach unten, und er schaut etwas verschreckt zu uns rüber.
„Was ist?“, frage ich.
„Er hat das Auto“, antwortet er und sagt in den Hörer: „Ja, ja, okay, ich bring sie rüber.“
„Was ist los?“, frage ich noch einmal.
„Er hat den Toyota gestern Abend abgeschleppt.“
„Und was ist mit unseren Freunden?“
„Weiß ich auch nicht so genau. Aber das kann er ihnen ja selbst erzählen. Ich fahre Sie hin.“
Selbst die Kiste des Tankwarts erscheint uns schnell im Vergleich mit dem Traktor, mit welchem wir hergekommen sind. In wenigen Minuten erreichen wir die Stelle, an der man unseren Wagen auf die Straße gezogen hat, wenig später das düstere Gehöft, auf dem wir übernachtet haben.

Der Geländewagen vom Vorabend steht wieder vor der Tür, und hinterm Haus kann ich Rübezahl ausmachen, der an der Außenverkleidung des Stalls arbeitet.
Eine Viertelstunde später fahren wir bei dem Mähmaschinen-Verkäufer vor. Armins Wagen steht im Hof neben einem riesigen Abschleppwagen, und als ich ihn erblicke, zweifle ich an meinem Verstand.

20

Wäre mir nicht sein Kennzeichen in Erinnerung geblieben, ich würde ihn nicht wiedererkennen. Das Nummernschild hängt an einer Schraube von der völlig zerstörten Karosserie.
Fast alle Scheiben sind eingeschlagen, das Dach auf der Beifahrerseite ist eingedrückt. Der rechte Scheinwerfer hat einen Sprung, und durch zwei platte Reifen wirkt das Auto wie tiefergelegt. Unsere Skier und die zerborstene Dachbox liegen im Innenraum.
„Köck", stellt sich uns ein Mann vor, der aus dem Laden herauskommt, seine Jacke überzieht und uns die Hand reicht.
„Guten Tag", sage ich und zeige mit dem Daumen auf unser Auto. „Was ist passiert?"
„Was meinen Sie?"
„Na, das da meine ich. Den Wagen."
„Wieso, was ist denn damit?"

Ich wechsle einen Blick mit Sara, um mich zu vergewissern, dass ich noch alle auf der Reihe habe. Sie guckt genauso fassungslos wie ich.
„Ist Ihnen der Wagen beim Aufladen vom Haken gerutscht, oder was?"
Der Mähmaschinenmann hat keinen Schimmer, wovon ich spreche.
„Wollen Sie mir etwa sagen, dass er schon in diesem Zustand war, als Sie ihn abgeschleppt haben?"
„Aber ja." Köck bietet uns Kräuterbonbons an und schiebt sich selbst eins davon zwischen die Lippen. Ohne den Tankwart anzusehen, neigt er den Kopf in dessen Richtung. „Hast du nicht gesagt, die beiden seien bei dem Unfall dabei gewesen?"
„Hamse zumindest behauptet", bestätigt der Tankwart.
„Das stimmt. Wir waren dabei, eben deshalb wundere ich mich ja über den Zustand des Autos."
„Sie wundern sich über den *Zustand*?" Das Bonbon klackert gegen Köcks Zähne. „Für nen Überschlag sieht das doch sogar noch ganz gut aus."

„Was soll das heißen, *Überschlag*?“

„Wir haben uns doch nicht *überschlagen*“, fällt Sara ein. „Wir sind nur von der Straße abgekommen und im Schnee stecken geblieben.“

Köck mustert erst mich, dann Sara von oben bis unten.

„Sind Sie sicher, dass Sie sich nichts getan haben?“

Er lächelt mit zusammengekniffenen Augenbrauen, als ob er alles für einen schlechten Scherz hält, sich aber nicht sicher ist.

„Wieso?“

„Na ja, Sie machen mir nicht den Eindruck, als ob Sie sich wirklich an den Unfall erinnern könnten.“

Sara kommt mir zu Hilfe. „Wir können uns beide sogar sehr gut an den Unfall erinnern, und als wir das Auto verlassen haben, um Hilfe zu holen, war alles noch in Ordnung. Jedenfalls bis auf den Kratzer.“

„Welchen Kratzer?“

„Den habe ich verursacht“, gebe ich zu. „Hier unten, sehen Sie?“ Ich zeige ihnen die Stelle neben dem Abschlepphaken.

Nun tauschen der Tankwart und Köck Blicke aus. Mir wird bewusst, wie unwichtig der Kratzer angesichts des Totalschadens an Armins Wagen ist.

„Sie meinen, Sie können sich auch nicht mehr an das Überschlagen erinnern? Und an Ihre Freunde?"

„Unsere Freunde?" Ich werde hellhörig. „Was ist mit unseren Freunden?"

Köck antwortet nicht gleich, das macht mich ziemlich nervös.

„Es ist alles in Ordnung, sie sind im Krankenhaus", sagt er schließlich.

„Was?", frage ich.

Wieder zögert er.

„Die Ärzte sagten, sie hätten Glück gehabt."

„Wieso sind sie im Krankenhaus?"

Ich spreche diese Frage so ruhig wie möglich aus.

„Na, die Rettungssanitäter mussten sie doch hinbringen, bei ihren Verletzungen."

„VERLETZUNGEN?!?" Sara schreit es in ihrer Verblüffung beinahe.

„Na ja." Köck sieht hinüber zu dem Autowrack, als müsse er dazu nicht mehr sagen.

Mir ist, als spiele man ein böses Spiel mit uns.
„Welches Krankenhaus?“
„Sankt Elisabeth“, sagt er mit einer Selbstverständlichkeit, die zu suggerieren scheint, Sankt Elisabeth sei die einzige Klinik im Umkreis von tausend Kilometern. „Ist nicht weit von hier.“
Mein Blut pocht in meinen Ohren, und dem Gesichtsausdruck der beiden Männer nach zu urteilen, sehe ich gerade furchterregend aus. Das muss ich ausnutzen.
„Fahren Sie uns hin“, sage ich zu dem Tankwart.
„Was? Wohin?“
„Zu dem Krankenhaus. Sankt Elisabeth.“
„Nee, nee, Meister“, er macht eine abwehrende Geste und steigt wieder in seinen Lieferwagen. „Ich bin doch kein Taxifahrer. Außerdem muss ich jetzt wieder in meine Werkstatt.“
Sara und ich bleiben alleine mit Köck zurück. Der Abschleppunternehmer seufzt, als ich ihn ansehe, und schlägt ergeben die Augen nieder. „Schon gut. Ich hole meine Schlüssel.“

21

Das Krankenhaus liegt auf einem Hügel oberhalb von Weisbeuren, dessen Name mir noch von der gestrigen Sucherei auf Judiths Karte her in Erinnerung ist.

Köck lässt uns vorm Hauptportal raus. Ich halte mich nicht lange mit einer Entschuldigung auf, sondern laufe sofort hinein und zum Pförtner. Als Sara mir endlich nachkommt, habe ich bereits die Zimmernummer.

„In welchen Stock müssen wir?"

„Judith liegt im zweiten, Armin im Erdgeschoss."

Sie überfliegt die Anzeigetafel. „Erdgeschoss? Welche Station denn?"

„Intensiv", sage ich, und meine Stimme klingt fremd dabei.

„Und Judith?"

„Unfallchirurgie."

„Was ist mit Tim?"
„Keiner hat was von ihm gehört."
Sie sieht enttäuscht aus, also schiebe ich nach: „Hey, das kann man doch als gutes Zeichen sehen. Wäre es dir lieber, er läge auch auf der Intensiven?"
„Nein." Bezeichnenderweise klingt es nicht überzeugend. Sie zückt ihr Handy und ruft ein weiteres Mal bei ihm an.
„Gleiche Ansage. *Zur Zeit nicht erreichbar.*" Sie schüttelt den Kopf.
„Immerhin kriegst du hier ein Netz."
„Ja, immerhin. Zu wem gehen wir als Erstes?"
„Armin, würde ich sagen. Die Intensive ist gleich da vorne."
Eine der Neonröhren über der Milchglastür zur Station ist kaputt. Die Tür selbst ist von außen nicht zu öffnen, wir suchen im Dämmerlicht nach einer Klingel.
„Hier", sagt Sara und drückt einige Meter links von mir auf einen kleinen Knopf.
„Ja?", fragt eine Stimme aus der Sprechanlage.
„Hallo. Wir möchten gerne zu Herrn Geuthke."
„Einen Moment."
Es knackt im Lautsprecher.

„Hallo?“, ruft Sara, aber die Verbindung ist schon wieder unterbrochen.

Die Eingangstür wird geöffnet, eine Krankenschwester sieht uns streng und fragend an. In der Hand hält sie ein Klemmbrett mit einer Liste.

„Wie war der Name?“

„Geuthke. Armin Geuthke.“

Sie sieht auf der Liste nach. „Ach ja, der Unfall heute Nacht. – Sind Sie beide Verwandte von Herrn Geuthke?“

„Nein, Freunde.“

„Dann kann ich Sie leider nicht zu ihm vorlassen. Es dürfen nur Angehörige hinein.“

„Könnten Sie nicht für uns eine Ausnahme machen? Wir sind alle zusammen in den Schwarzwald gekommen, und es wäre wirklich wichtig für -“

„Tut mir leid“, unterbricht mich die Schwester, „nur Angehörige.“

Sie macht Anstalten, die Tür wieder zu schließen.

„Können Sie uns wenigstens sagen, welche Verletzungen Herr Geuthke davongetragen hat?“, fragt Sara.

„Auch das darf ich nur den Angehörigen mitteilen."
„Wir wollen doch nur wissen, wie es ihm" – Klapp! fällt die Tür ins Schloss – „geht", vollendet Sara ihren Satz.

22

Sie dreht sich zu mir um, ich zucke ratlos mit den Schultern.
„Was war *das* denn? Das glaub ich ja nicht."
„Tja."
Was soll ich dazu schon sagen?
„Diese blöde ...!"
„Lass gut sein."
„Von wegen!"
Sara drückt energisch auf den Klingelknopf. Nichts passiert, also läutet sie Sturm. Durch die Milchglastür hört man deutlich die Klingel scheppern.
Es knackt in der Gegensprechanlage.
„Ja?"
„Haben Sie schon mal was von Höflichkeit gehört?", schnauzt Sara die Krankenschwester an.
„Wie bitte?"

„Wir machen uns Sorgen um unseren Freund, und Sie lassen mich mitten im Satz hier stehen?"
Es knackt.
„Hallo?"
„Komm, hat doch keinen Zweck", sage ich und nehme Sara am Arm.
„Du blöde Kuh!"
Sie versetzt der Sprechanlage einen Fußtritt. Ich bugsiere sie in Richtung Fahrstuhl.
„So, wir beruhigen uns jetzt erstmal und fahren rauf zu Judith. Die kann uns dann alles erzählen, wir brauchen die böse Schwester also gar nicht."
„Blöde Kuh!" Sie entzieht mir ihren Arm.
„Schon gut."
„So eine *blöde* Kuh!"
„Ja", pflichte ich ihr bei. „Blöde Kuh. Geht's dir jetzt besser?"
Der Aufzug kommt, schweigend steigen wir ein. Oben auf dem Flur der Chirurgie humpeln uns die Raucher entgegen, für die man vorm Eingangsportal im Erdgeschoss Aschenbecher aufgestellt hat.
Bei der Stationsschwester erkundigen wir uns nach Judiths Befinden. Sie rückt nur zögernd mit Informationen heraus, nachdem wir bestä-

tigt haben, dass wir keine Angehörigen sind. Zufällig weiß sie auch über Armins Zustand Bescheid und kann uns zumindest einen groben Überblick über die Lage verschaffen.
Wie es aussieht, hat er die schwereren Verletzungen davongetragen. Die Schwester erwähnt einen Schädelbruch, diverse weitere Frakturen an Hüfte und Beinen sowie innere Blutungen. Die behandelnden Ärzte haben ihn in ein künstliches Koma versetzt und warten auf eine Verbesserung seines Zustands.
Judith ist mit gebrochenen Beinen, einem Schock, einer Kopf- und mehreren Schnittverletzungen eingeliefert worden, die wohl von der zersplitterten Seitenscheibe herrühren.
Ihre Wunden sind inzwischen versorgt worden, und die Schwester meint, dass vermutlich nicht einmal Narben zurückbleiben werden.
„Wissen Sie, wie das alles passiert ist?"
Sie sieht mich verwirrt an. „Ich dachte, das wüssten Sie bereits. Waren Sie nicht dabei?"
„Aber nein! Wir waren doch Hilfe holen."
„Ach so, Sie waren mit zwei Autos unterwegs?"
„Nein, nur mit einem."
Nun scheint sie noch verwirrter zu sein.

„Ich verstehe Sie richtig: Sie beide haben die Schwerverletzten in dieser Kälte alleine zurückgelassen, um Hilfe zu holen? Ohne eine Decke?"

„Was?"

„Wir haben niemanden schwerverletzt zurückgelassen", mischt sich Sara ein.

„Aber dass Ihre Freunde stark bluteten, müssen Sie doch bemerkt haben."

„Sie waren doch gar nicht verletzt, als wir Hilfe holten", sage ich kraftlos. Dieses Gespräch ist absurd.

Die Schwester bedenkt uns mit einem vernichtenden Blick und klappt ihr Stationsbuch zu. „Ich muss das melden. Außerdem darf ich Ihnen keine Auskünfte mehr geben."

Sie eilt mit dem Buch unterm Arm davon, den Gang hinunter.

„Aber wir sind doch bloß von der Straße abgekommen!", ruft Sara ihr hinterher.

Die Stationsschwester dreht sich noch einmal um, ihr Blick ist noch immer derselbe.

23

Es geht Judith schon wieder so gut, dass sie Besuch empfangen kann. Eine auffallend hübsche Schwester weist uns den Weg zu ihrem Zimmer und ermahnt uns, nicht zu lange zu bleiben. Judith sei noch sehr schwach und brauche so viel Ruhe wie möglich.

Informationen über die Schwere von Armins Verletzungen haben die Ärzte ihr sicherheitshalber vorenthalten, und wir müssen versprechen, dass auch wir darüber kein Wort verlieren werden.

Judiths Bett steht alleine im letzten Zimmer am Ende des Ganges. Ihre eingegipsten und hochgebundenen Beine ragen uns entgegen wie zwei weiße Fahnen. Sie schläft. Irgendwelche Sonden überziehen ihren Arm, und eine ganze Batterie von Aufzeichnungsgeräten registriert Pulsschlag und Atmung.

Ich trete näher und besehe mir ihren Kopfverband und die Schnittwunden in ihrem Gesicht. Sie sind zahlreich, aber nicht tief, die Prognose der Schwester bezüglich der Narbenbildung scheint realistisch zu sein.
Wir bleiben nicht lange. Eine kräftige, weniger hübsche Krankenschwester kommt herein und sagt, sie habe Judith ein Schmerzmittel gegeben. Wir sollen in einer Stunde wiederkommen, wenn die Wirkung nachlässt.
Nikotingeruch weht uns aus dem Fahrstuhl entgegen, als wir hinunter in die Cafeteria fahren. Sie liegt im Erdgeschoss, ist sehr groß und sehr modern. Viel Edelstahl, erdfarbene Wände und Auslagen wie im Supermarkt.
Wir kaufen uns Sandwiches und Kaffee und setzen uns an einen Tisch am Fenster. Draußen hat es wieder zu schneien begonnen, von hier drinnen sieht es ganz gemütlich aus. Fast könnte man vergessen, wo wir uns befinden.
„Sag mal, wo bist du denn mit deinen Gedanken?“
Ich sehe Sara an. „Weiß ich auch nicht so genau.“
„Glaubst du, die kriegen das hier wieder hin?“

Vage schaue ich mich in der beinahe leeren Cafeteria um.
„Ich hoffe es doch. Judith zumindest scheint's einigermaßen gut zu gehen, wenn man mal von den ganzen Kabeln absieht."
Sara schüttelt den Kopf, als wolle sie meine Behauptung widerlegen. „Ich kapiere das nicht. Wie haben die beiden das Auto wieder aus dem Graben rausbekommen?"
„Keine Ahnung."
„Und haben dann als Allererstes einen Unfall damit gebaut?", denkt sie laut nach.
„Hm-m."
„Aber wann soll das alles passiert sein? Wir waren doch noch spätabends dort. - Und wieso taucht Tim nicht wieder auf?"
„Er sucht bestimmt noch nach uns", vermute ich.
„Meinst du? Aber er wäre doch längst auch hier eingetroffen, oder?"
„Wir haben ja auch nur durch Zufall von dem Unfall gehört. Wenn er irgendwo nach dem Toyota fragt und nicht gerade an Köck oder den Tankwart gerät, hat er ja keine Chance zu erfahren, was passiert ist."

„Und warum funktioniert mein Handy in der ganzen Gegend nicht?", meint sie, als löse die Antwort darauf auch unsere zahlreichen anderen Probleme.
„Es funktioniert doch."
„Ja, toll. Keine Verbindung. Was soll ich damit anfangen? Ich müsste doch zumindest zu Tims Mailbox durchdringen."
„Was fragst du mich? Vielleicht gibt's hier zu wenige von diesen Funkantennen. Oder zu viele Bäume. Für *meinen* Geschmack gibt es jedenfalls entschieden zu viele."
Sie nimmt einen Schluck Kaffee. „Wenn ich Tim nicht erreichen kann, kann er uns wahrscheinlich umgekehrt auch nicht erreichen."
„Das wäre in der Tat ein nahe liegender Schluss", gebe ich zu. „Aber wir informieren einfach von der nächsten Telefonzelle aus unsere Familien zu Hause. Tim ist ja nicht dumm, er wird bestimmt auf dieselbe Idee kommen, wenn er nichts von uns hört. Außerdem sollten wir unbedingt bei der Polizei Bescheid sagen, was passiert ist und wo wir zu finden sind. Vielleicht fragt Tim ja dort nach uns, oder er war sogar schon da."

„Meinst du?“
„Ja, klar. Was würdest du denn an seiner Stelle machen, wenn deine Freunde verschwunden wären und du sie nicht ans Telefon bekommen würdest? Entweder zu Hause oder auf der nächsten Polizeidienststelle nachfragen, oder?“
Während ich meine Schlussfolgerung formuliere, finde ich sie eigentlich ganz logisch. Allerdings macht es nicht den Eindruck, als könne ich Sara damit überzeugen.
Es ist einfach zu vieles in den letzten zwanzig Stunden passiert, was ich mir nicht mehr erklären kann, sogar die Zusammensetzung dieses Sandwichbelags bleibt mir schleierhaft. Ich lasse den Rest liegen und schiebe den Teller von mir.
Sara zittert vor Nervosität und kramt in ihren Manteltaschen. „Ich geh mal raus, telefonieren. Oder versuche es wenigstens.“
Eine Minute später ist sie zurück, ich frage erst gar nicht nach, ob sie durchgekommen ist.

24

Wir fahren wieder hinauf in den zweiten Stock. *UNFALLCHIRURGIE* steht in Blockbuchstaben an der Milchglastür, wie eine Warnung: *Rasen betreten verboten.*

Die rundliche Schwester von eben kommt gerade aus Judiths Zimmer. Sie nickt uns freundlich zu und hält uns die Tür auf.

„Sie ist jetzt wach. Aber denken Sie bitte daran: Nicht zu lange, ja?"

Wir versprechen es und gehen hinein. Judith ist noch nicht wieder bei vollem Bewusstsein und sieht uns aus müden Augen an.

„Hi."

Ein dünnes Lächeln huscht über ihr zerkratztes Gesicht, und ich spüre, wie es meinem Herzen einen Stich versetzt.

Doch ich lächele tapfer zurück und sage: „Na, was machst du denn für Sachen?"

Judith zuckt mit den Schultern und zeigt auf ihre Beine, die über ihr schweben. „Siehst du ja. Wie geht's den anderen?"
„Den anderen?", fragt Sara, die direkt neben mir steht.
„Ja."
„Waren sie denn beide bei dir im Auto?"
„Beide?"
„Ja. Armin und Tim."
„Ich ... denke schon. Oder nicht?"
Judith wirkt verunsichert.
„Was ist mit euch?" Sie sieht an uns runter. „Habt *ihr* nichts abbekommen?"
Es dauert ein paar Sekunden, bis ich begreife.
„Erinnerst du dich nicht? Wir waren doch gar nicht bei euch, als es passiert ist."
„Nicht?", fragt Judith unsicher.
Wieder spüre ich Stiche in meinem Bauch.
„Nein. Wir -"
„Wir waren doch Hilfe holen!", fällt mir Sara ins Wort.
„Zu dem Hof, an dem wir vorbeigefahren sind. Weißt du das noch?"
Judith schweigt sehr lange und schüttelt schließlich den Kopf.

„Ein großer, düsterer Hof, erinnerst du dich? Du hattest noch vermutet, er hieße Finkenrain, aber das war dann doch der Name des nächsten Ortes."
Diesmal nickt Judith leicht, aber ihre Augen verraten, dass sie keine Ahnung hat, wovon ich rede.
Wir machen ein paar weitere Versuche, doch es ist zwecklos. Sie scheint sich an nichts von dem zu erinnern, was gestern geschehen ist, also erzählen wir ihr alles, was wir wissen. *Fast* alles.
„Und was ist mit Armin?", fragt sie leise. Sie hat anscheinend gemerkt, dass wir ihn nur ganz am Rande erwähnt haben.
„Er liegt auf einer anderen Station", winde ich mich aus der Verantwortung heraus, ihr die Wahrheit zu sagen. Es fällt mir sehr schwer. „Wir gehen gleich anschließend zu ihm."
Sara streicht ihr mit der Hand eine Haarsträhne aus der Stirn, eine freundschaftlich-liebevolle Geste, die außer mir offenbar auch Judith irritiert.
„Und Tim?"
„Wir wissen nicht, wo er steckt", sagt Sara. „Wie gesagt, er ist mir gestern Abend wohl aufs Feld

nachgelaufen, aber ob er bei euerm zweiten Unfall dabei war, ist noch nicht raus. Ich hoffe aber, dass ich irgendwo mal ein Netz bekomme und ihn erreichen kann. Mir wäre schon wohler, wenn ich wüsste, dass es ihm gut geht."

„Probier's doch mal von hier aus", schlägt Judith vor und zeigt auf das Telefon an ihrem Nachttisch.

Sara hebt ab und hält sich den Hörer ans Ohr.

„Und?", frage ich.

„Nichts."

Die Krankenschwester kommt herein und bittet uns, Judith ein bisschen Ruhe zu gönnen.

„Das Telefon funktioniert nur mit Karte", meint sie zu Sara. „Die können Sie unten in der Verwaltung kaufen."

„Ist nicht nötig. Wir wollten nur mal versuchen, ob wir meinen Mann auf seinem Handy erreichen können."

„Unten im Eingangsbereich gibt es auch öffentliche Fernsprecher."

Wir verabschieden uns und versprechen Judith, morgen früh wieder vorbeizuschauen.

„Bringt ihr mir dann ein bisschen Schokolade mit?", fragt sie.

„Klar.“

„Und vielleicht einen Schlafanzug oder so was, in dem Leibchen hier friert man sich tot.“

Sie lüpft kurz die Bettdecke und gewährt uns einen Blick auf ein schneeweißes, rückenfreies Hemd und ihren nackten Oberschenkel.

„Sie haben mir erzählt, dass sie meine Klamotten aufschneiden und wegwerfen mussten. Und meine Tasche ist wohl noch im Auto.“

„Nein, ist es nicht. Wie gesagt, wir waren eben dort, aber unser Gepäck ist verschwunden.“

Sara stößt mich an und meint: „Unsere Urlaubssachen müssen ja sowieso erstmal gewaschen werden. Wir besorgen dir was, sobald die Geschäfte morgen früh aufmachen.“

„Genau“, stimme ich mit ein. „Du kriegst nen nagelneuen Schlafanzug von uns.“

„Am liebsten in Himmelblau!“, ruft uns Judith nach, ehe wir auf den Gang hinaustreten und die Tür schließen.

25

„Was hältst du davon?“, fragt mich Sara. „Sie wusste nicht mal mehr, ob Tim bei ihnen im Auto war.“

„Wahrscheinlich der Schock.“

Wir warten auf die Schwester. Sie verlässt das Zimmer wenige Minuten später.

„Sagen Sie, ist einer der zuständigen Ärzte zu sprechen?“, frage ich.

„Leider nein. Der behandelnde Arzt, Dr. Broich, ist heute nicht mehr im Hause.“

„Könnten wir *Sie* dann kurz sprechen?“

„Natürlich. Gehen wir doch ins Büro.“

Den Spruch haben wir heute doch schon von dem Tankwart gehört, ehe er uns in sein Fünf-Quadratmeter-Refugium quetschte. Prompt werden wir wieder in ein kleines Kämmerchen gedrängt, in dem es nur einen einzigen Stuhl für Besucher gibt. *Büros* sollten wir künftig meiden.

Wir bleiben also stehen, die Krankenschwester schließt die Tür hinter uns. An ihrer Uniform steckt ein Namensschild, *X. Fiorellino* steht darauf. *Blümchen.* Wie süß.
Ein ebenso ungewöhnlicher wie unpassender Name für eine Frau mit ihren Ausmaßen. Und welche italienischen Vornamen mit X mag es wohl geben? Sara stößt mir unsanft ihren Ellbogen in die Rippen und reißt mich so aus meinen Gedanken.
„Du wolltest was fragen."
„Es geht um unseren Freund, Armin Geuthke. Die Stationsschwester hat uns vorhin erzählt, er läge noch im Koma."
„Ganz recht. Dr. Broich hat ihn sich heute Morgen noch einmal angesehen. Sein Zustand ist unverändert."
„Das heißt?"
„Stabil."
„Können wir zu ihm?", fragt Sara.
„Ich fürchte, nein. Es wäre etwas anderes, wenn Sie Familienangehörige wären, aber in dieser Klinik und speziell auf der Intensivstation herrschen diesbezüglich strenge Regelungen. Allerdings können Sie im Erdgeschoss gerne

mal nachfragen, vielleicht macht man ja für Sie eine Ausnahme."

„Aber die einzige Angehörige liegt da drinnen." Ich zeige auf Judiths Zimmertür.

„Es tut mir leid, aber da kann ich auch nichts machen."

„Wissen Sie, wie sich das alles abgespielt hat?", schaltet sich Sara ein.

„Sie meinen den Unfall? Ich fürchte, darüber kann ich Ihnen gar nichts sagen, mein Dienst hat erst vor ein paar Stunden begonnen. Ich weiß nur, dass das Auto, in dem Ihre Freunde saßen, bei hoher Geschwindigkeit von der Straße abgekommen ist und sich überschlagen hat."

„Wir sind nicht zu schnell gefahren!"

„Und überschlagen haben wir uns auch nicht", ergänze ich.

Schwester Fiorellino zuckt mit den Schultern. „Das hat man mir jedenfalls gesagt."

„Wer?", frage ich.

„Der Doktor. Die Pfleger. Die Polizei."

„Ich nehme an, die Polizei hat den Unfall aufgenommen?"

„Ja, sicher."

„Waren unsere Freunde bei ihrem Eintreffen noch im Auto?“
„Das weiß ich nicht“, gibt sie zu.
„Wir wollten sowieso noch zur Polizei, dann werden wir uns mal nach den Einzelheiten erkundigen. Ist das weit von hier?“
„Unten im Ort, direkt an der Hauptstraße.“
„Sagen Sie“, fällt mir ein, „wer hat den Wagen eigentlich gefunden?“
„Oh, das weiß ich wirklich nicht. Wie gesagt, nur das, was man mir erzählt hat.“
Wir wenden uns zum Gehen, Schwester Fiorellino öffnet uns die Tür. Ich danke ihr und verlasse mit Sara die Station. Die Blockbuchstaben an der Eingangstür sind an Nüchternheit nicht zu überbieten. *UNFALLCHIRURGIE.*
Im zugigen Eingangsbereich der Klinik befinden sich zwei öffentliche Telefone. Eines davon funktioniert mit Münzen, und da wir keine Telefonkarte besitzen, müssen wir warten, bis eine korpulente Frau mit Krücken ihr Gespräch beendet hat.
Die Warterei allerdings hätten wir uns auch sparen können. Der Einwurfschlitz schluckt im Sekundentakt mein gesamtes Kleingeld, und

nach diversen 20-Cent-Münzen werfe ich entnervt zwei Euro ein, aber Tim hebt und hebt nicht ab.

26

Der Fußweg vom Krankenhaus hinunter in den Ort ist zugeschneit und wird offensichtlich kaum benutzt. Man hat beim Streuen ein bisschen mit dem Salz gegeizt, wir brauchen eine ganze Weile, uns die Serpentinen hinabzukämpfen. Obwohl ich auf das Lesen des Polizeiberichts brenne, ist mir das sogar ganz recht, nach dem Krankenhausgeruch tut mir die frische Luft gut.

Weisbeuren ist wesentlich größer als Moorach und Finkenrain zusammen, doch wir finden die Hauptstraße und die Polizeiwache ziemlich schnell. Ich erkläre dem Beamten am Schalter unser Anliegen, und er lässt einen der Diensthabenden vom Vorabend rufen.

Während wir dasitzen und auf ihn warten, gleitet mein Blick über den zerschlissenen PVC-Boden und die Bilder der Polizei- und Ministerpräsiden-

ten, die an den mit wasserresistenter Lackfarbe gestrichenen Wänden hängen.
Der Diensthabende kommt und geleitet uns in sein Büro. Es ist, wie sollte es in dieser Gegend anders sein, winzig klein, dafür aber mit nicht weniger als vier Schreibtischen zugestellt. Wahrscheinlich besitzen neben den hier beschäftigten Polizisten auch die Putzfrauen ihren eigenen.
Der Mann holt zwei Stühle aus einem anderen Büro und stellt sie neben seinem Tisch auf.
„Nehmen Sie Platz!"
Wir folgen seiner Anweisung und setzen uns. Ich frage ihn nach dem Unfall und erzähle ihm die ganze Geschichte aus unserer Sicht.
Eine Thermoskanne steht auf dem Tisch. Während der Beamte mir zuhört, trinkt er etliche Tassen Kaffee, ohne uns auch nur eine einzige davon anzubieten. Manchmal unterbricht er mich, um kurze Zwischenfragen zu stellen.
Nachdem ich mit meiner Schilderung des gestrigen Abends fertig bin, schüttelt er die letzten Tropfen aus der Kanne und stellt sie auf den Boden.

„Das hört sich bei Ihnen alles sehr plausibel an“, sagt er und fixiert mich, „aber wie erklären sie sich den Zustand des Autos, wenn kein Unfall stattgefunden hat?“

„Es hat ja ein Unfall stattgefunden! Wir sind von der Straße gedrängt worden.“

„Stimmt, ja, haben Sie gesagt. Von einem Geländewagen, oder?“

„Genau. Bloß haben wir uns nicht überschlagen.“

„Ja“, er lehnt sich in seinem Stuhl zurück, „ich habe schon davon gehört, dass Sie das bestreiten.“

„Sie haben *was* gehört?“

„Dass Sie Ihre schwer verletzten Freunde zurückgelassen haben und behaupten, der Unfall sei harmlos gewesen.“

„Wer sagt das? – Ach, lassen Sie mich raten: Die Stationsschwester?“

Er bleibt mir die Antwort schuldig.

„Gibt es von Sankt Elisabeth aus etwa eine Direktleitung hierher? Was hat die Schwester Ihnen denn noch so alles erzählt?“

„Mal langsam“, meint der Diensthabende, „nach derzeitigem Wissensstand haben Sie beide Ihre

Freunde schwer verletzt in dem Auto zurückgelassen -“

„Was heißt hier, derzeitiger Wissensstand?“, unterbreche ich ihn. „Wir haben Ihnen als Augenzeugen gerade geschildert, was gestern Abend passiert ist. Allerdings wüsste ich gerne, weshalb Sie Ihrer wackligen These und der Meinung dieser Schwester eher zu vertrauen scheinen als unseren Zeugenaussagen.“

„Jedenfalls war die Stationsschwester der Unfallchirurgie dazu verpflichtet, uns über diese Tatsache zu informieren.“

„*Tatsache*?“ Ich werde allmählich wütend. „Die Schwester hat uns anscheinend genauso missverstanden wie Sie -“

„Oder sie *wollte* uns missverstehen“, schiebt Sara dazwischen.

„ ... und sich aus unseren Aussagen auch dieselbe Theorie zusammengesponnen“, fahre ich fort. „Aber bloß weil zwei Menschen eine Theorie entwickeln, heißt das noch lange nicht, dass daraus eine Tatsache wird. Als wir unsere Freunde verließen, ging es ihnen gut, und auch das Auto war nicht kaputt. Was danach passiert ist, wissen wir nicht.“

Er sieht erst mich, dann Sara an. „Was ist mit *Ihnen*?“

Sie rückt sich auf dem Stuhl zurecht.

„Was soll mit mir sein?“

„Können Sie sich auch nicht an den Unfall erinnern?“

„Doch. Aber überschlagen haben wir uns trotzdem nicht. Wir sind schlicht und einfach von der Straße abgekommen.“

27

Der Beamte seufzt. Wortlos dreht er sich beiseite und tippt etwas in seine Schreibmaschine, bis ich denke, er hat uns gänzlich vergessen.
„Sagen Sie ...“, beginne ich und warte.
Er tippt ungerührt weiter. Ich wechsele einen Blick mit Sara und versuche es noch einmal.
„Wer hat Sie eigentlich heute Nacht informiert? Ich meine, wir sind auf der ganzen Strecke keinem einzigen Auto begegnet.“
Der Mann lässt sich viel Zeit mit seiner Antwort.
„Man hat uns angerufen“, antwortet er trocken, ohne von dem Geschriebenen aufzusehen.
Seine Fingerspitzen liegen auf der Tastatur der Schreibmaschine, als bereite er in Gedanken schon den nächsten Satz vor.
„Ja, das ist mir schon klar. Aber wer?“
„Kann ich Ihnen nicht sagen.“

Er verzieht das Gesicht und dreht an dem Einstellrad für die Walze. Aus einer Schublade seines Schreibtischs fördert er ein Fläschchen Tipp-Ex hervor und übertüncht seinen Schreibfehler.
„Können Sie nicht oder wollen Sie nicht?“, frage ich.
Der Polizist sieht mich scharf an, es wirkt wie eine Warnung. Dann aber entspannt er sich wieder.
„Die Kollegen in der Zentrale haben den Anruf entgegengenommen. Aber warum ist das so wichtig für Sie?“
Er überprüft den Trocknungsgrad des kleinen, weißen Flecks auf seinem Formular und pustet dagegen, bevor er seine Tipperei wieder aufnimmt.
„Nun, es könnte ja zum Beispiel derselbe gewesen sein, der uns von der Straße gefegt hat“, sage ich.
Doch der Diensthabende tut, als habe er mir gar nicht zugehört. Erst als er den Bogen aus der Maschine zieht, meint er:
„Offen gestanden, glaube ich nicht an die Version mit dem Geländewagen, und selbst

wenn, dürften die Aussichten, ihn zu finden, ziemlich gering sein."

„Heißt das, Sie denken, dass wir Sie angelogen haben?", entfährt es Sara.

„Das haben *Sie* gesagt. Ich weiß ja nicht, weshalb Sie sich weigern, den Unfall zu akzeptieren. Vielleicht haben Sie Schuldgefühle, oder ihr Gedächtnis hat eine Lücke. So was soll's ja geben. Fakt ist jedenfalls, dass der Wagen sich überschlagen hat und dabei vollkommen zerstört wurde. Angesichts der Schwere des Unfalls haben Ihre Freunde sogar noch Glück gehabt. Die Feuerwehr musste Sie aus dem Auto rausschneiden, und da lagen sie schon stundenlang in der Kälte herum. Ohne den Airbag und ihre dicke Jacke hätte die Fahrerin bestimmt nicht überlebt."

„Die Fahrerin?" Sara ist genauso verblüfft wie ich.

„Ja, diese Frau ...", der Mann blättert in seinen Unterlagen, „Herres."

„Judith? Aber sie ist doch überhaupt nicht gefahren!"

„Nicht?" Er schaut noch einmal auf den Bericht. „So steht's aber hier. Und ich bin mir ganz sicher, dass eine Frau hinterm Steuer saß, als wir die Tür endlich aufbekamen."

„Das ist absurd."

„Mir selbst ist das ziemlich egal. Das wird höchstens die Versicherung interessieren. Was Ihre Geländewagen-Theorie angeht, falls es denn überhaupt einen Geländewagen gegeben hat: Alleine hier im Ort kommen laut Ihrer Beschreibung mindestens siebzig Personen als Fahrer des Wagens in Frage. Ich selbst übrigens auch."

„Also werden Sie der Sache nicht nachgehen?"

„O doch, das werden wir. Falls wirklich ein zweites Fahrzeug an dem Unfall beteiligt war, würde sich ja die ganze Situation anders darstellen. Dann gäbe es auch Augenzeugen."

„Sie meinen, solche wie uns?", fragt Sara.

„Nein", meint er. „Solche, die den Überschlag beobachtet haben."

„Aber?"

Der Beamte macht eine unbestimmte Bewegung mit der Hand.

„Aber Sie werden zugeben müssen, dass sich Ihre Geschichte von dem Geländewagen und Ihrem eher harmlosen Ausflug in den Graben nur schwer mit dem realen Überschlag und den Folgen für Ihre Freunde vereinbaren lässt. Außerdem: Wenn tatsächlich Fremdeinwirkung vorliegt, müssen wir gleichzeitig von Fahrerflucht ausgehen.

Und worauf sollen wir uns bei der Suche stützen? Auf Ihre Beschreibung des Geländewagens etwa? Nach Ihrer Version hat der Sie doch nur in den Graben gedrängt. Von einem Unfall mit Überschlag und Totalschaden wissen Sie ja angeblich gar nichts. Sagen Sie mal selbst, finden Sie wirklich, dass diese beiden Geschichten zusammenpassen?“

Sara schüttelt langsam den Kopf, doch ich kann ihr ansehen, dass sie noch einen ganz anderen Gedanken verfolgt. Einen Gedanken, über den wir schon gestern gesprochen, ihn dann aber nicht wieder aufgegriffen haben.

„Aber was wäre, wenn *zwei* Unfälle stattgefunden haben?“

28

„Zwei. Unfälle.“ Der Diensthabende starrt Sara an, als habe sie gerade behauptet, das alles sei ein Scherz und eine versteckte Kamera auf ihn gerichtet.

„Das wäre doch eine logische Erklärung dafür, dass unsere *Version*, wie Sie es nennen, und Ihr Bericht nicht miteinander übereinstimmen, oder?“

Der Polizist lächelt, lässt sich auf den Gedanken aber offensichtlich gar nicht erst ein.

„Wo ist der Unfall Ihrem Bericht nach denn passiert?“, fragt Sara.

Er beschreibt uns die Stelle. Es ist dieselbe wie gestern Abend.

„Unmöglich“, sage ich und räuspere mich. „Das ist völlig unmöglich.“

„Vielleicht sind sie irgendwie auf die Straße zurückgekommen und haben ein paar Meter weiter den zweiten Unfall gebaut“, mutmaßt Sara.

„Wie sollen sie das denn geschafft haben? Die Böschung war doch viel zu steil. Die konnten unmöglich ohne Hilfe da wieder rauf kommen.“

Der Diensthabende lächelt noch immer über unsere Erklärungsversuche.

„Wie ist das nun“, frage ich ein wenig herausfordernd, weil wir bei diesem Mann ohnehin nichts mehr zu verlieren haben, „können Sie feststellen, wer Sie gestern Nacht wegen des Unfalls telefonisch verständigt hat, oder nicht?“

„Und vor allem, *wann* der Anruf in dieser Zentrale eingegangen ist“, sagt Sara. „Darüber haben wir ja noch gar nicht gesprochen.“

Er seufzt wieder, greift aber zum Hörer und lässt sich mit der Zentrale verbinden. Während man ihm Auskunft gibt, verfinstert sich sein Gesicht.

„Frau Haag“, sagt er, nachdem er aufgelegt hat, „Sie haben mir erzählt, dass Ihr Mann kurz nach *Ihrem* Unfall verschwunden und noch immer nicht aufgetaucht ist.“

„Und?“, fragt Sara.

„Der Anruf wegen des Überschlags gestern Abend kam von einem gewissen Tim Haag.“

„Das kann nicht sein.“

„Jedenfalls hat der Anrufer diesen Namen angegeben. Ich denke also, mit der Vermisstenanzeige können wir noch ein Weilchen warten.“

„Heißt das, Sie suchen nicht mal nach ihm?“

„Ich werde jedenfalls keine Fahndung rausgeben, er ist ja schließlich nicht tatverdächtig. Aber es wäre natürlich gut, wenn er sich bei uns melden würde, immerhin scheint er der einzige Zeuge für *diesen* Unfall zu sein.“

„Dann lassen Sie ihn doch suchen! Ich kann ihn telefonisch nicht erreichen, wer weiß, wo er gerade herumirrt.“

Der Beamte lächelt nachsichtig.

„Ich verstehe ja, dass Sie sich Sorgen um Ihren Mann machen. Aber das hier ist nicht Alaska, sondern nur der Schwarzwald. Es gibt bei uns weder Bären noch Wölfe oder Ähnliches, hier gehen Touristen nicht einfach so verloren. Im Übrigen muss ich mich, was die Suche nach Vermissten betrifft, an gewisse Vorschriften halten. Ihr Mann ist weder minderjährig noch ein Straftäter noch todkrank, es liegt also kein dringender Grund vor, ihn suchen zu lassen."

29

„Das heißt, seine Aussage interessiert Sie eigentlich gar nicht?“
„Genauso wenig wie unsere“, stelle ich fest.
„Für mich ist die Sache ganz klar“, sagt der Polizist. „Das Wrack auf Köcks Hof spricht außerdem Bände. Nach einem harmlosen Ausrutscher in den Straßengraben sieht das jedenfalls nicht aus. Ein Augenzeuge wäre zwar hilfreich, um den Unfallhergang rekonstruieren zu können, aber das ist wie gesagt eher aus versicherungstechnischer Sicht relevant. *Sie* sind es doch, die an dem Unfallhergang zweifeln, nicht ich. *Ich* war dabei, als die Feuerwehr die Verletzten aus dem Wrack gezogen hat. Und alles, was Sie mir bisher erzählt haben, klingt ziemlich unlogisch.“
„Für Sie vielleicht. Für uns nicht. Jedenfalls ist es die Wahrheit.“

„Mag ja sein, dass Sie das, woran Sie sich noch erinnern, für die Wahrheit halten. Sie haben mir doch eben noch selbst erzählt, dass sich Ihre Freundin in St. Elisabeth ebenfalls an nichts erinnert?"

„Ja", gibt Sara zu.

„Sehen Sie. Ich kenne mich da nicht so aus, wer weiß, vielleicht stehen Sie beide ja ebenfalls noch unter Schock oder so."

Ich bin es allmählich leid, dass dieser Blödmann ständig von Augenzeugen spricht, uns aber kein Wort zu glauben scheint.

„Schock hin oder her, wann ist der Anruf gestern Nacht denn nun eingegangen?"

„*Abend*", korrigiert er mich. „Gestern *Abend*, um sieben."

„Wie, um sieben?"

„Sieben. *Uhr*."

„Das kann nicht sein", sage ich.

Er lächelt dünn.

„Na schön, ich geb's zu, Sie haben mich erwischt. Um ganz genau zu sein, ist der Anruf um achtzehn Uhr siebenundfünfzig in unserer Zentrale eingegangen. Die letzten drei Minuten habe ich aufgerundet."

„Das meine ich nicht. Um die Zeit waren wir noch mit dem Wagen unterwegs."

„Tja, dann muss ich Ihnen Recht geben: Das ist tatsächlich unmöglich. Wo auch immer *Sie* waren, wir, die Einsatzkräfte und die Feuerwehr waren jedenfalls um Viertel nach sieben an der Unfallstelle, um Ihre Freunde aus dem Auto zu befreien."

„Nein, Sie verstehen nicht. Ich habe gegen Viertel nach sieben auf die Uhr geschaut, und da fuhren wir definitiv noch."

„Vielleicht geht Ihre Uhr noch nach der Sommerzeit?", meint der Diensthabende.

Ich antworte ihm erst gar nicht. Allerdings überrascht mich seine Ironie an diesem Punkt auch ein wenig. Sollte er über Humor verfügen, hat er diesen bislang erfolgreich vor uns verborgen.

„Was ist mit dem Bauern, bei dem wir übernachtet haben? Fragen Sie ihn doch, er kann bestätigen, dass unser Auto noch intakt war, als wir es aus dem Graben ziehen wollten."

Der Polizist lehnt sich zurück und betrachtet Sara und mich eingehend. Dann rollt er mit seinem quietschenden Stuhl nach hinten und

zeigt mit dem Finger auf einen Punkt der Umgebungskarte, die mit Reißzwecken an der Wand befestigt ist.
„Hier sind Ihre Freunde verunglückt.“
Er nimmt eine weitere Reißzwecke aus einer kleinen Schachtel und steckt sie an die betreffende Stelle.
„Sie beide sind eigener Aussage zufolge in diese Richtung gegangen, ist das korrekt?“
„Ja.“
„Zeigen Sie mir doch mal, wo ungefähr der Hof liegt, auf dem Sie übernachtet haben.“
Ich gehe zu der Karte hinüber. Weisbeuren liegt in deren Zentrum, Finkenrain etwas oberhalb davon, Moorach weiter unten. Am rechten Rand steckt die Reißzwecke, man kann gerade noch die Straße erkennen, die wir benutzt haben.
„Da ist die Kreuzung, an der wir nach Finkenrain abgebogen sind“, sage ich, „und etwa hier müsste demnach der Hof liegen.“
Ich sehe den Diensthabenden an, er nickt beifällig und rollt wieder mit seinem Stuhl zum Schreibtisch zurück.
„Der Klausenhof“, sagt er leise und blättert in seinen getippten Seiten. Dann greift er zum

Telefonhörer und drückt einen Knopf, der daraufhin aufleuchtet.

„Sie wissen also, welchen wir meinen?"

Er nickt und macht mir ein Zeichen, zu schweigen, während er in den Hörer lauscht. In der angrenzenden Telefonzentrale klingelt es. Durch die geöffnete Tür sehe ich, wie der Beamte hinterm Schalter einen Blick über die Schulter in unsere Richtung wirft und seinerseits den Hörer aufnimmt.

„Fahr nachher mal zum alten Geitlinger raus und frag ihn, - ja, es muss sein -, frag ihn, ob heute Nacht Leute bei ihm übernachtet haben. Ob er sie heut früh nach Finkenrain gefahren hat und wann sie gestern Abend bei ihm aufgetaucht sind. Und frag ihn auch, ob er heute Nacht versucht hat, ein Auto aus dem Graben zu ziehen ... -", er hält inne, „ ...ja, genau das. Und in welchem Zustand es da war. - Das interessiert mich nicht. Du fährst nachher da raus."

Der Polizist legt den Hörer auf und lehnt sich im Stuhl zurück. Der Beamte hinterm Schalter sieht abermals zu uns herüber, diesmal eindeutig feindselig.

„Wir werden das überprüfen. Mein Kollege kann den Bauern, dem der Hof gehört, heute Nachmittag befragen."
„Gut", sage ich.
„Nicht, dass das viel ändern wird. Selbst wenn Sie dort übernachtet haben sollten, lassen sich daraus keinerlei Rückschlüsse bezüglich des Unfallhergangs ziehen. Außerdem stehen Sie nicht unter irgendeinem Tatverdacht, also brauchen Sie auch kein Alibi."
„Das meine ich nicht. Aber es würde doch immerhin beweisen, dass unsere Version stimmt, was auch immer nach dem ersten Unfall passiert ist."
„Wir werden sehen", sagt er aufgeräumt.
In aller Gründlichkeit nimmt er unsere Personalien zu den Aussagen und entlässt uns wieder in den Winter, jedoch nicht, ohne Sara fest versprochen zu haben, Armins Wagen und die Unfallstelle noch einmal zu untersuchen.
Uns beiden ist klar, dass er wahrscheinlich lieber im warmen Büro bleiben und ganz alleine eine weitere Kanne Kaffee trinken wird.
Die Sache mit der Uhrzeit und einem zweiten Unfall hält er für Spinnerei, die Suche nach dem

Geländewagen darüber hinaus auch noch für aussichtslos, zumal ich mir wegen des Fabrikats nicht sicher bin.
In jedem Fall dürfte es schwierig werden, ihn ausfindig zu machen. Auf dem Gelände des örtlichen Off-Road-Verkäufers stehen Hunderte von Fahrzeugen. Hier fährt vermutlich sogar der Briefträger einen Jeep.
„Und nun?", fragt Sara, als wir wieder draußen auf der Straße stehen.
„Nun suchen wir uns erstmal ein Telefon. Wir müssen Judiths Eltern Bescheid sagen und Armins Schwester auch. Und ich muss meinen Urlaub verlängern."
Sara scheint über etwas ganz Anderes nachzudenken.
„Was ist?"
„Meinst du, ich sollte bei Tims Eltern anrufen?"
Die Frage überrascht mich. „Wieso nicht?"
„Und was soll ich ihnen sagen?"
„Was meinst du? Dass wir einen Unfall hatten?"
„Wegen Tim."
„Wie, wegen Tim?"
„Soll ich ihnen wirklich erzählen, dass er *verschwunden* ist?"

„Ich würde ihnen nur sagen, dass er nicht bei uns ist und wir auch nicht genau wissen, wo er abgeblieben ist. Kein Grund, sie unnötig zu beunruhigen. Hast ja gehört, er hat gestern Abend die Polizei benachrichtigt, es scheint ihm also gut zu gehen."

„Wie auch immer er hier eine Verbindung gekriegt hat", sagt Sara.

30

Vor der Post stehen mehrere Telefonzellen, drinnen gibt es die passenden Chipkarten. Wir müssen anstehen, nur einer der Schalter ist besetzt. Direkt vor mir wartet eine Frau mit einem Paket auf dem Arm, dessen Umrisse entfernt an einen Hund erinnern.
„Guck mal", flüstere ich Sara zu, „die schickt ihren Pudel zur Erholung an die See."
„Oder in den Süden. Vielleicht kriegt er hier im Winter Depressionen. Verstehen könnte ich es."
In der Zelle krame ich mein Adressbuch mit dem Telefonnummernregister hervor und tippe die von Judiths Eltern ein. Sie scheinen jedoch nicht zu Hause zu sein, einen Anrufbeantworter besitzen sie offenbar nicht. Dann also die nächste.
Armins Schwester muss ich zum Glück nicht mit Glacéhandschuhen angreifen. Doris ist

selbst OP-Schwester und daher einiges gewöhnt. Sie nimmt die Nachricht von Armins Unfall eher überrascht als bestürzt entgegen, stellt gezielte Fragen nach der Schwere seiner Verletzungen und wird morgen mit dem Zug anreisen. Danach probiere ich es auf dem Handy meines Chefs. Er geht nicht ran, also hinterlasse ich auf der Mailbox die Nachricht, Tim und ich kämen frühestens im Verlauf des nächsten Tages zurück und müssten unseren Urlaub verlängern. Ich schildere kurz die Gründe dafür, ohne allzu sehr ins Detail zu gehen. Es ist bereits später Nachmittag, und an eine Abreise per Zug am gleichen Tag ist nicht mehr zu denken.
Im Ort selbst gibt es keinen Bahnhof, wir müssen uns also erst noch über die Abfahrtszeiten der nächstgelegenen Station informieren. Außerdem würde ich gerne auf Tim und darauf warten, dass es Judith und Armin etwas besser geht, auch wenn ich andererseits weiß, dass Claussen mich dringend erwartet.
Sara versucht mal wieder vergeblich, Tim zu erreichen. Immerhin scheint das Problem nicht von ihrem, sondern von seinem Telefon auszugehen.

Danach wählt sie die Nummer seiner Eltern. Sie ist nervös, doch man sieht ihr an, dass sie in gewissem Sinne erleichtert darüber ist, die Hiobsbotschaft endlich loszuwerden. Ihre Antworten lassen erkennen, dass die Eltern sie wegen Tim beruhigen.

An der Straßenecke ist eine Apotheke, ich gehe hinüber, um mich nach Übernachtungsmöglichkeiten zu erkundigen. Vor der Tür parkt ein Geländewagen, was sonst.

Der Apotheker ist sehr freundlich und empfiehlt mir eine kleine Pension gleich um die Ecke. Einen Fahrplan hat er nicht, aber im Nachbarort sei der nächste Bahnhof, ich solle dort mal nachfragen.

„Und wie heißt dieser Nachbarort?"

„Großgemünd", sagt der Apotheker mit einem Unterton, als hätte ich etwas verpasst, indem ich diesen Ort noch nicht besucht habe. „Kennen Sie die Firma Hoff?"

„Nein."

„Na, Sie sind zu jung", meint er nachsichtig. „In den Siebzigern war das eine Marke wie Bosch oder Persil. Damals hat jeder Zweite aus Weisbeuren in Großgemünd gearbeitet."

„Den Namen habe ich noch nie gehört“, gebe ich zu. Ich bedanke mich für den Tipp mit der Pension und kehre wieder zu Sara zurück, die gerade einhängt.

„Und“, frage ich, „hat er sich bei ihnen gemeldet?“

„Nein. Aber seine Mutter erzählte, er sei schon als Fünfjähriger zum ersten Mal von zu Hause abgehauen. Wenn ich das, was sie mir gesagt hat, richtig interpretiere, glaubt sie wohl, dass er sich damit nur wichtig machen will.“

„Interessanter Blickwinkel.“

„Ich hab’s übrigens mindestens vier Mal auf Tims Handy versucht, immer kam dieselbe Ansage: *Der Teilnehmer ist zur Zeit nicht erreichbar* oder so ähnlich.“

„Jetzt müssten wir nur noch wissen, was das bedeutet“, sage ich.

„So clever war ich auch und hab meinen Mobilfunk-Provider angerufen. Die meinten, dass Tim bei dieser Meldung entweder sein Handy ausgeschaltet hat oder der Akku leer ist, was aber letztendlich ja aufs Selbe hinausläuft.“

„Aber dann müsste man doch trotzdem auf seine Mobilbox sprechen können, oder?“

„Genau. Das konnten die mir auch nicht plausibel erklären. Ihrer Meinung nach hat Tim die Mailbox deaktiviert. Aber warum sollte er das tun? Er kann sich ja denken, dass wir versuchen, ihn zu erreichen."

„Hat dein Anbieter eine Ahnung, warum du in der Gegend mit deinem Handy nicht telefonieren kannst?", frage ich Sara.

„Nein. Angeblich soll es in der Gegend ausreichend Mobilfunk-Sendemasten geben, so dass kein Funkloch entstehen könne. Gesehen hab ich unterwegs allerdings keinen einzigen. Anschließend haben die mir so lange irgendwas von Vermittlungs- und Zugangsnetzen erzählt, bis ich den Faden verloren habe."

„Was soll's", sage ich, „ist ja auch egal, weshalb wir keine Verbindung kriegen."

„Jedenfalls hab ich zwischendrin bei verschiedenen Freunden angerufen und hinterlassen, wo wir sind, falls Tim sich bei ihnen melden sollte."

„Noch eine gute Idee", gebe ich zu.

„Und du, wo bist du gewesen?"

„In der Apotheke da drüben. Ich hab mich nach einer Pension für uns erkundigt. Sollen wir sie uns mal anschauen?"

„Dann mal los“, sagt Sara und hakt sich bei mir unter. Zwei Geländewagen fahren vorbei, ich komme mir allmählich vor wie auf einer Militärbasis. Im Sonnenlicht glänzt die vereiste Straße wie Chrom, und unter unseren Füßen knirscht der Schnee.

31

Die Pension ist schnell gefunden und wir mieten zwei Einzelzimmer. Ich werfe den Rucksack mit unseren Habseligkeiten aufs Bett und mich gleich dazu.

Was aus unserem Gepäck im Wagen geworden ist, weiß der Himmel. Weder der Abschleppunternehmer noch die Polizei wollen davon etwas gesehen haben.

„Sollen wir schnell noch ein paar Sachen besorgen, bevor hier die Bürgersteige hochgeklappt werden?“, schlage ich vor, als Sara ins Zimmer kommt.

„Können wir machen. Obwohl ich bezweifle, dass man hier sonntags was bekommt.“

„Unten am Empfang haben sie sicher auch einen Fahrplan. Den können wir ja nachher beim Essen durchgehen. Dann überlegen wir uns, was wir morgen unternehmen.“

Unsere Einkäufe tätigen wir an der Tankstelle, da tatsächlich nicht einmal die Bäckerei sonntags geöffnet hat. Das meiste allerdings werden wir morgen früh besorgen müssen.
Andernorts kann man die Tankstellen kaum von den umliegenden Supermärkten unterscheiden. In dieser Ecke Weisbeurens, wo es bloß eine Metzgerei, ein Sportgeschäft und die besagte Bäckerei gibt, hält sich auch das Angebot des Tankwarts in Grenzen.
„Die fahren alle raus zu Aldi“, meint er, als ich mich danach erkundige, wo die Einwohner ihre Lebensmittel einkaufen.
Das Shampoo leihen wir uns schließlich von unserer Zimmerwirtin, die den schönen Namen Wallenstein trägt. Einen Zugfahrplan allerdings hat auch sie nicht. Darum werden wir uns also morgen früh als Erstes kümmern müssen.
„Sind Sie die Angehörigen der jungen Leute, die verunglückt sind?“, fragt uns Frau Wallenstein.
„Neuigkeiten scheinen sich hier schnell zu verbreiten.“
„Das auch. Es kommen nicht viele Touristen hier vorbei, da fallen fremde Gesichter gleich auf.“

Es stellt sich heraus, dass ihr Sohn bei der Freiwilligen Feuerwehr ist und dabei war, als man Judith und Armin aus dem Auto herausgeschnitten hat.
„Wirklich?“ Sara wird hellhörig. „Können wir mit ihrem Sohn reden? Bisher konnte uns noch niemand genau sagen, was passiert ist. Wir wissen nur, dass unsere Freunde wohlauf waren, als wir gestern Abend Hilfe holten, nachdem man uns von der Straße gedrängt hat. Und jetzt heißt es, sie hätten sich überschlagen und wir hätten sie verletzt zurückgelassen. Außerdem ist mein Mann seit gestern verschwunden, und ich kann ihn nicht erreichen. Dabei soll er angeblich die Polizei zum Unfallort gerufen haben.“
„Ist eine lange Geschichte“, füge ich an, denn Frau Wallenstein scheint Saras Aufgeregtheit zu verwirren.
„Ich kann ihn ja anrufen, dann können Sie selbst mit ihm sprechen“, schlägt sie vor und greift zum Telefon, das in ihrem Flur direkt neben der Haustür hängt.
„Sie dürfen den Apparat übrigens gerne mitbenutzen“, sagt sie mit dem Hörer am Ohr. „Wir arbeiten oft im Vorgarten, deshalb hat mein

Mann das Telefon hier draußen im Flur montiert.“

Nach einer Weile zuckt sie mit den Schultern und legt auf.

„Es tut mir leid, er hat seine Umleitung nicht an.“

„Die Mailbox?“

„Ja, die“, sagt sie nachdenklich. „Ich weiß jetzt auch nicht, wo ich ihn sonst erreichen kann.“

„So sehr eilt es nun auch wieder nicht“, beruhige ich sie. „Aber vielleicht können wir später mit ihm reden, wenn er von der Arbeit nach Hause kommt?“

„Mein Sohn wohnt nicht hier im Ort, aber er kommt morgen zum Mittagessen“, sagt Frau Wallenstein. „Schauen Sie doch einfach gegen zwölf bei uns vorbei, er wird Ihnen sicher gerne helfen.“

32

Das Gasthaus, in dem wir zu Abend essen, ist gemütlich und warm. Außer ein paar Einheimischen, die an der Theke sitzen und Weizenbier trinken, sind Sara und ich die einzigen Gäste. Wir bestellen Leberknödel und Sauerkraut, doch die Portionen sind zu groß und Sara lässt die Hälfte stehen. Es kostet uns einige Mühe, den schwergewichtigen Wirt davon zu überzeugen, dass uns das Essen trotzdem geschmeckt hat. Nachdem die Biertrinker gegangen sind, kommt er mit dem Schnaps zu uns herüber.

„Ich hab schon von Ihren Freunden gehört. Schlimme Geschichte, das."

Er stellt drei Schnapsgläser und die Flasche auf den Tisch und setzt sich schwerfällig. Ich bin neugierig zu erfahren, was das zu bedeuten hat. Unterm Tisch stößt Sara mich leicht an. Auch sie weiß offenbar nicht, was sie davon halten

soll. Der Wirt gießt die Gläser voll bis zum Rand und lächelt uns aufmunternd zu.
„Wissen Sie etwas über den Unfall?“, fragt Sara. Der Wirt schüttelt bedächtig den Kopf.
„Ich weiß nur, was alle wissen.“ Er hebt sein Glas, prostet uns zu und leert es in einem Zug.
„Und was ist das, was alle wissen?“ Das interessiert mich jetzt auch.
Der Mann lächelt verlegen. „Dass Ihre Freunde zu schnell gefahren und im Graben gelandet sind.“
Sara will etwas sagen, doch ich bedeute ihr, es zu lassen. „Und das ist alles?“
„Na, ich hab gehört, dass die Fahrerin ziemliches Glück gehabt hat und die beiden anderen übel zugerichtet wurden.“
„Die beiden anderen?“
„Na, die halt, die mit drin saßen.“
„Sind Sie sicher, dass es *zwei* waren?“, fragt Sara, die genauso alarmiert ist wie ich.
Er sieht uns überrascht an. „Aber ja. Kennen Sie sie denn nicht?“
„Doch, doch.“ Ich wechsle rasch einen Blick mit Sara, die ganz offensichtlich meine Gedanken teilt.

„Wir sollten unbedingt nochmal im Krankenhaus anrufen."

„Mach du“, sagt sie tonlos, und ich drücke ihre Hand.

„Haben Sie hier drin ein Telefon?“

„Ja, natürlich.“ Der Wirt zeigt mit dem Daumen über seine Schulter hinweg. „Der Apparat steht gleich da drüben, auf der Theke. Viermal die Sieben, dann die Null.“

Ich gehe hinüber und wähle die Nummer des Krankenhauses, während der Wirt sich weiter mit Sara unterhält.

„Sankt Elisabeth“, sagt eine männliche Stimme am anderen Ende der Leitung.

Ich erkundige mich beim Pförtner nach Tim. Er verweist mich an die Notaufnahme und verspricht, mich dorthin zu verbinden.

Es dauert lange, bis die Nachtschwester endlich abhebt. Sie ist ziemlich unfreundlich, als ich mein Anliegen vortrage.

„Hat das nicht Zeit bis morgen?“, fragt sie frostig.

„Nein. Hat es nicht.“

Ich höre, wie sie sehr geräuschvoll die Luft einsaugt.

„Sie brauchen doch nur mal nachzusehen, ob mein Freund bei Ihnen eingeliefert wurde. Mehr will ich doch gar nicht."
„Name?"
„Haag. Tim Haag. Mit zwei *A*."
Sie lässt mich in der Leitung hängen, nur ein Blättergeräusch im Hintergrund verrät mir, dass sie noch nicht das Weite gesucht hat. Dann ist sie wieder am Apparat.
„Haag haben wir nicht."
Mir bleibt fast das Herz stehen.
„*Tim* Haag", wiederhole ich.
„Haben wir hier nicht."
„Würden Sie bitte noch einmal nachsehen? Er *muss* da sein."
„Ich bin alles gründlich durchgegangen", kommt es aus dem Hörer.
Es hat keinen Zweck. Ich danke der Schwester und lege auf. Ich bin etwas unschlüssig. Entweder lügt die Nachtschwester oder der Wirt. Aber warum sollten sie das tun?
Dann wähle ich Tims Nummer. Wenn er tatsächlich nicht ins Krankenhaus eingeliefert wurde, war er zur Zeit des Unfalls nicht im Auto. Aber wenn er nicht im Auto war, wo war

er dann? Auf jeden Fall müsste er unverletzt und erreichbar sein.
Freizeichen. Komm schon, komm schon, denke ich, es klingelt und klingelt, zehn, zwölf, fünfzehn Mal. Dann ertönt das Besetztzeichen. Ich versuche es nochmal, mit dem gleichen Ergebnis.
Das Gespräch zwischen Sara und dem Wirt erstirbt, und ohne hinzusehen, weiß ich, dass die beiden zu mir herüberstarren, als ich langsam näher komme.

33

Ich muss mich setzen, ehe ich zu Sara sage: „Im Krankenhaus ist er nicht.“ Meine Stimme klingt dumpf, als gehöre sie nicht zu mir.
Sara sieht enttäuscht aus. Der Wirt kommt mir zu Hilfe und erwähnt etwas von einem Irrtum und dass wir morgen nochmal persönlich vorsprechen und nach Tim fragen sollen.
„Was sagten Sie, wie viele unserer Freunde wurden eingeliefert?“, frage ich ihn.
„Drei, so weit ich weiß.“ Er sieht mich erstaunt an, und ich hake nicht weiter nach. Morgen werden wir hoffentlich mehr über den Unfall erfahren und endlich Tim erreichen.
Der Wirt gießt uns erneut ein. Obwohl ich Schnaps eigentlich nicht besonders mag, ist er zugegebenermaßen genau das Richtige in diesem Augenblick. Ich stürze ihn in einem Zug runter. Sofort füllt der Wirt mein Glas wieder auf.

„Ich habe gerade gehört, Sie waren gar nicht dabei, als der Unfall passierte?“, fragt er.
„Doch“, antworte ich, ehe mir dämmert, was er meint, „beziehungsweise, nein. Wir waren bei einem Unfall dabei, aber nicht bei dem Unfall, bei dem unsere Freunde verletzt wurden.“
„Aha.“
„Wir waren dabei, als unser Auto von dem Geländewagen in den Graben gedrängt wurde“, sagt Sara, „dann haben wir Hilfe geholt, und als wir wieder zurückgekommen sind, war das Auto verschwunden. Und unsere Freunde und mein Mann auch.“
„Ihr Mann?“
Der Wirt sieht zu mir herüber, wahrscheinlich hat er mich bisher für Saras Partner gehalten.
„Ja. Er ist seitdem verschwunden.“
„Also gab es *zwei* Unfälle?“, fragt er.
„Genau“, bestätigt Sara. „Zwei Unfälle.“
„Aha.“ Er klingt nicht überzeugt.
Es ist spät, als wir das Lokal verlassen. Der Wirt stellt die Stühle hoch, schließt die Läden und löscht alle Lichter bis auf das über der Eingangstür, ehe er abschließt und mir dabei hilft, Sara in die Pension zurückzubringen.

Sie war auf ihrer Bank einfach zusammengesunken und schläft nun tief und fest, während wir sie von zwei Seiten stützen und dabei versuchen, das Gleichgewicht zu halten. Ihren Zimmerschlüssel trägt sie bei sich, wir legen sie auf ihr Bett.

Ich bringe den Wirt zur Eingangstür, bedanke mich bei ihm und sehe ihm nach, wie er die Straße hinunterwankt. Wir haben viel zu viel getrunken, aber irgendwie geht's mir jetzt besser. Ich bin bloß schrecklich müde, und mir fällt ein, dass ich total vergessen habe, Judiths Eltern noch einmal anzurufen.

Am liebsten würde ich sofort ins Bett gehen, aber auf dem Weg dorthin fällt mir etwas ein. Leise klopfe ich an Saras Tür und betrete noch einmal ihr Zimmer. Richtig, wir haben das Deckenlicht brennen lassen. Ich schalte es aus und knipse stattdessen das Nachttischlämpchen an.

Sara hat ihre Position nicht verändert. Sicherheitshalber bringe ich sie in eine stabile Seitenlage, ziehe ihr die Schuhe aus und decke sie mit dem Bettlaken zu.

Montag

34

Es hat in der Nacht noch einmal geschneit, und das nicht zu knapp. Eine dichte Schneedecke liegt weich auf den Dächern der vor der Pension geparkten Autos, auf den Vorgärten und auf der Straße, die zu dieser frühen Stunde nur von wenigen Reifenspuren markiert ist.
Sara und ich sitzen verkatert beim Frühstück. Ich besorge bei Frau Wallenstein Aspirin und rufe von dem Apparat im Hausflur aus beim Bahnhof des Nachbarortes Großgemünd an, um mich nach den Abfahrtszeiten zu erkundigen.
„Ist besetzt“, sage ich, als ich mich wieder neben Sara setze.
Sie nickt, aber ich bin mir nicht sicher, ob sie mir zugehört hat.
„Isst du das noch?“ Ich verspüre großen Hunger. Frau Wallenstein hat uns freundlicherweise

Brötchen besorgt, das letzte liegt auf Saras Teller. Allerdings macht sie keine Anstalten, es aufzuschneiden.

„Mach dir keine Sorgen, Tim wird schon noch aufkreuzen. Er hat inzwischen sicher rausgekriegt, wo wir sind."

„Wer?"

Sie schaut mich an, als sei sie high, und ich fühle mich an den Abend des Unfalls erinnert, als sie apathisch am Straßenrand saß.

„Tim. Dein Mann, du erinnerst dich?"

Das tut sie, doch ich sehe auch, dass sie in Gedanken mal wieder ganz woanders gewesen ist. Ein guter Zeitpunkt, mir das Brötchen zu sichern.

Auf dem Weg zum Krankenhaus erstehe ich in der kleinen Boutique, die mit einem knallbunten, selbstgemalten *Winterschlussverkauf*-Schild im Schaufenster wirbt, einen Satz Unterwäsche. Wo auch immer sich unser verschwundenes Gepäck herumtreiben mag, nach über sechzig Stunden in denselben Klamotten fühle ich mich zunehmend unwohl.

„*L*?", fragt die Verkäuferin mit einem abschätzenden Blick und reicht mir ein T-Shirt über die

Theke, das aufgrund seiner Ausmaße andernorts locker als Markise durchginge.

„Ich glaube, *M* reicht“, sage ich, „oder nein, geben Sie mir lieber *S*.“

Sie schenkt mir einen verächtlichen *Wenn-das-mal-gut-geht*-Blick und sucht in ihrem Sortiment sehr lange nach meiner Größe. Das *S*-Shirt scheint immer noch zu groß zu sein, aber egal. Unterhosen gibt’s nur in Feinripp oder als Tanga in Neongelb. Falls die Bevölkerung Weisbeurens ihre Wäsche in diesem Laden einkauft, dürfte sie mangels Sex vom Aussterben bedroht sein.

„Lach nicht“, sage ich zu Sara, als ich die Feinripphose auf die Theke lege, „Retro ist in.“

„Das wär’s?“, fragt die Verkäuferin.

„Nein. Wir bräuchten noch einen Schlafanzug, möglichst in hellblau.“

„Auch in *S*?“

„Wohl eher in *XS*“, sagt Sara.

Wieder der *Wenn-das-mal-gut-geht*-Blick.

„Er ist nicht für mich“, stelle ich klar, „sondern für unsere Freundin.“

„Ah.“

Die Verkäuferin zieht eine große Schublade auf und entnimmt ihr zwei in Plastikfolie ver-

schweißte Schlafanzüge. Der eine ist hellblau und pikanterweise mit zwei in Brusthöhe aufgestickten Fußbällen versehen, der andere schlicht rosafarben.
„Das sind die einzigen in *S*“, meint die Verkäuferin.
„Rosa“, sagen Sara und ich wie aus einem Munde.

35

Direkt nebenan ist ein Blumenladen, und wir beschließen, Judith einen kleinen Strauß mitzubringen. Während die Floristin ihn bindet, spielt Sara mit einem geschliffenen Halbedelstein, der mit anderen auf der Theke zum Verkauf ausliegt.

„Guck mal, ist hübsch, oder?"

Sie zeigt ihn mir.

„Hm."

„Was bedeutet *Hm*?", will sie wissen.

„*Hm* bedeutet, dass ich dazu keine Meinung habe." Was nicht so ganz stimmt.

„Fass mal an."

Sie legt ihn mir in die Hand.

„Und?"

„Fühlt sich gut an", muss ich zugeben und werde erneut von einer Erinnerung an meinen Vater übermannt. Zeit seines Lebens trug er einen bestimmten Kieselstein mit sich herum in dem Glauben, dieser bringe ihm Glück. Als man ihn in seinem Sarg aufgebahrt hatte, drückte ich ihm den Stein zum Abschied in die Hand. Ich weiß sogar noch, wie kalt sie sich angefühlt hat. Seltsam, noch vor ein paar Tagen hätte ich behauptet, keinerlei Erinnerungen an ihn zu besitzen.

„Das ist ein Glücksbringer", sagt die Floristin, die soeben unseren Blumenstrauß in Papier einschlägt, und ich zucke leicht zusammen.

„Dann nehmen wir ihn doch gleich mit", beschließt Sara, „sowas können wir gut gebrauchen. Würden Sie ihn bitte in die Schleife mit einbinden?"

„Aber gerne."

Der Portier des Krankenhauses ist wesentlich hilfsbereiter als die Nachtschwester und offenbar derselbe, mit dem ich am Abend zuvor telefoniert habe. Tims Namen allerdings findet auch er nicht auf der Patientenliste.

Er lässt uns warten und führt einige Telefonate mit verschiedenen Stationsschwestern und Pflegern, doch niemand hat etwas von einem Tim Haag gehört. Ich danke ihm für seine Mühe und betrete hinter Sara den Fahrstuhl.

UNFALLCHIRURGIE. Wieder mal. Ein unrasierter Patient mit Kopfverband wartet vor dem Aufzug, eine Packung Zigaretten in der Hand. Ansonsten ist kein Mensch auf dem Flur zu sehen.

Wir öffnen die Tür zu Judiths Zimmer. Das Bett ist frisch bezogen. Laken wie mit dem Lineal gefaltet, scharf gebügelt, am Rand mit dem Aufdruck des Krankenhauses versehen.

„Wo ist sie?", fragt Sara. „Die werden sie doch wohl nicht schon entlassen haben mit den beiden Gipsbeinen?"

Sie geht zu dem rollbaren Nachtschränkchen hinüber und öffnet die Schubladen, eine nach der anderen. Sie sind leer, wie ich über ihre Schulter hinweg sehen kann. Ich mache auf dem Absatz kehrt und laufe den Gang zurück, Sara mir hinterher.

Die Stationsschwester kommt uns entgegen. Zwischen den Augen trägt sie eine Sorgenfalte wie ein Schmuckstück, es steht ihr nicht besonders. Ich rechne damit, dass sie wegen der gestrigen Geschichte Ärger macht.

„Danke, dass Sie so schnell gekommen sind", sagt sie.

„Wieso?“

Die Schwester zögert. „Hat man Sie denn nicht verständigt?“

„Verständigt?“

„Ja. Meine Kollegin hat mir erzählt, dass Sie gestern Ihre Nummer dagelassen haben, und ich hatte die Verwaltung darum gebeten, Sie anzurufen.“

„Mein Handy funktioniert nicht richtig“, sagt Sara.

Die Stationsschwester wirkt verärgert, wobei offen bleibt, ob auf das Handy oder die Verwaltung.

„Kommen Sie bitte mal mit.“

Das Büro kennen wir schon von gestern. Obwohl außer uns kein Besucher auf der Station herumläuft, schließt die Schwester auch diesmal die Tür.

Wir bleiben wieder stehen, doch schon rollt sie ihren eigenen Bürostuhl neben den anderen und bittet uns, Platz zu nehmen. Das gefällt mir gar nicht. Ehrlich gesagt, war sie mir unfreundlich lieber.

„Es hat leider heute Nacht einen Zwischenfall gegeben“, beginnt sie.

„Was heißt das?“
Ich bin mir nicht sicher, ob ich die Worte tatsächlich ausspreche oder sie nur denke.
Die Stationsschwester sieht auf ihre schmalen Fingerspitzen herab, die sich auf dem Schreibtisch abstützen und dabei weiß verfärben.
„Frau Herres ist heute früh verstorben.“
Ihre Worte kriechen wie durch ein gläsernes Labyrinth auf mich zu, ich sehe sie kommen, kann aber nicht sagen, wann sie bei mir angelangen werden.
„WAS?!?“, schreit Sara in weiter Ferne.
Vor meinem Auge dreht sich alles, doch es ist anders als gestern Nacht, als ich einfach nur betrunken war. Ich höre meinen Pulsschlag, höre das Blut durch meinen Körper rauschen, es scheint, als habe sich mein Hörsinn nach innen gewandt.
Frau Herres ist heute früh verstorben. Die Worte hallen in mir wider, als sei ich ausgehöhlt. Ich bekomme mit, dass Sara mit der Stationsschwester redet, doch ich verstehe nichts davon.
Als das Dröhnen in meinem Kopf nachlässt, ist die Stationsschwester längst weg, und Sara sitzt neben mir auf einer der Plastikbänke im Gang,

der Blumenstrauß mit dem steinernen Glücksbringer liegt neben ihr. Sie erzählt mir alles, während sie über meine Hand streicht. Ich spüre sie kaum.

36

Judith ist laut Ansicht der Ärzte an den Kopfverletzungen gestorben, die sie sich bei dem Unfall zugezogen hat, eine Hirnblutung oder so was Ähnliches.

Sie sei bereits in die Pathologie überführt worden, wo man die genaue Todesursache ermitteln wird. Auch müssten die Angehörigen verständigt werden, man bittet uns um die Telefonnummern.

„Ich will sie sehen", sage ich. Meine Stimme klingt fremd.

Sara macht den Ansatz, etwas zu erwidern, doch stattdessen geht sie hinüber zum Büro der Stationsschwester.

Die beiden stehen im Türrahmen und schauen zu mir herüber, während sie sich leise miteinander unterhalten. Dann nickt die Schwester, und Sara kommt wieder zu mir zurück.

„Sie hat gesagt, sie macht deinetwegen eine Ausnahme. Normalerweise dürfen nur die Verwandten dorthin.“

Die Stationsschwester taucht hinter ihr auf. „Dann kommen Sie mal mit!“

Ich stehe auf, das erste Mal seit Jahren, wie mir scheint. Während ich ihr den Gang hinunter folge, konzentriere ich mich ganz auf die Falte, die ihre Schwesterntracht auf dem Rücken wirft. Noch nie hat ein Krankenhaus so kalt auf mich gewirkt. Von den Decken und Wänden fallen Eiszapfen, die auf dem spiegelglatten Fußboden zerspringen wie Glas.

Wir passieren Hunderte von Türen, schwere, aus Eichenholz gefertigte, manche aus Granit gehauen, andere aus genietetem Stahl, bis wir an eine unscheinbare Schiebetür aus Milchglas kommen.

Kein Schild verrät, was sich dahinter befindet, nur eine Klingelschnur hängt von der Decke. Die Schwester zieht daran, kurz darauf öffnet uns ein groß gewachsener, bulliger Pfleger. Er trägt einen schlecht sitzenden grünen Kittel und eine Kopfhaube, und seine Stirn glänzt vor Schweiß. Die Stationsschwester erklärt ihm unser Anliegen, er lässt uns eintreten und schließt hinter uns wieder ab.

Judith ist im hinteren Teil des Raumes aufgebahrt. Durch die offene Tür des Nebenzimmers kann man eine Reihe von Seziertischen sehen, auf einer liegt ein geöffneter Leichnam. Ein Mann, offenbar der Pathologe, hat sich über ihn gebeugt und schaut auf, als wir vorbeigehen. Er kommt zur Verbindungstür herüber und schließt sie.

In dem Raum riecht es nach Lösungsmittel. Wir stehen vor Judiths Aluminiumbahre. Der Pfleger hebt das Tuch an und schlägt es um, so dass ihr Gesicht zum Vorschein kommt. Es ist unwirklich bleich wie bei einer Marmorstatue.

Ihre schönen Gesichtszüge sind merkwürdig verzerrt, als leide sie sogar jetzt noch Schmerzen. Ich habe mit den Tränen zu kämpfen und wende mich ab.

Aus dem Augenwinkel heraus sehe ich, wie der Pfleger das Tuch nachlässig wieder über Judiths Gesicht wirft. Mein Herz höre ich nicht mehr, wahrscheinlich hat es aufgehört zu schlagen. Nun schießen mir die Tränen doch noch aus den Augen. Der Schmerz, die Wut über Judiths

Tod ist groß, noch größer aber ist mein Unglaube, dass dies die Realität ist und es *wirklich* geschieht.
Es muss alles ein böser Traum sein, aus dem es auch wieder ein Erwachen gibt. Es muss.

37

Doch als ich die Augen aufschlage, befinde ich mich in meinem Pensionszimmer. Bis auf die Schuhe trage ich noch all meine Kleider.
Ich stehe auf und sehe aus dem Fenster. Es ist bereits dunkel, und draußen fällt wieder Schnee. Mein Zeitgefühl sagt mir, dass es erst Nachmittag ist, doch mein Magen verlangt bereits nach einem Abendessen, was ich in Anbetracht der Situation als absurd empfinde. Appetit habe ich keinen, aber mein blöder Körper kümmert sich nicht um meine Gefühle.
Mir fällt ein, dass ich seit dem Frühstück keine Mahlzeit mehr zu mir genommen habe und wir außerdem mittags Frau Wallensteins Sohn verpasst haben. *Na und?* geht mir durch den Kopf.
Draußen auf den Flur ist niemand, ich klopfe an die Tür zu Saras Zimmer. Nichts. Ich versuche

es noch einmal und horche an der Tür, doch es bleibt still.

Zurück im Zimmer, schnappe ich mir meine Schuhe und die Jacke und gehe hinunter zum Empfang. Auch hier ist weit und breit niemand zu sehen, die Uhr über der Theke zeigt Viertel vor sieben an. Ich beschließe, es im Gasthof zu probieren.

In der Eingangstür stoße ich mit Sara zusammen, sie kommt gerade aus dem Krankenhaus. Armins Zustand ist konstant, außerdem hat die Verwaltung Judiths Eltern Bescheid gegeben. Sie werden morgen mit dem Auto aus Bremen anreisen.

Sara erzählt mir, dass Armins Schwester bereits eingetroffen ist und noch im Krankenhaus zu tun hat. Wir steuern das Gasthaus an, in dem wir uns später mit Doris treffen werden. Sie will sich zunächst mit den zuständigen Ärzten unterhalten und Absprachen bezüglich Judiths Rückführung und Obduktion treffen.

Obwohl mir der Magen schon in den Kniekehlen hängt, warten wir mit unserer Bestellung noch auf sie. In dem Lokal ist wenig los, wir setzen uns wieder an den gleichen Tisch.

Der Wirt kommt herüber und stellt uns wie selbstverständlich zwei Cognac hin, als seien wir Stammgäste.

„Ich habe es schon gehört, das mit Ihrer Bekannten. Schlimme Sache."

Er macht auf dem Absatz kehrt und will zurück zur Theke, doch ich halte ihn sachte am Arm fest.

„Erinnern Sie sich, dass Sie uns gestern erzählt haben, es seien drei Personen in dem Auto gewesen, als der Unfall geschah?"

Er nickt, unsicher, worauf ich hinaus will.

„Wir haben uns heute früh im Krankenhaus eingehend erkundigt, aber der dritte Insasse ist dort nie eingeliefert worden."

Er zuckt mit den Schultern.

„Dann habe ich mich wohl geirrt. Es wird viel erzählt, wissen Sie."

„Sie meinen, Sie haben das mit den drei Insassen *erfunden*?", fragt Sara.

„Das nun nicht. Wahrscheinlich habe ich's einfach verwechselt."

Er zeigt auf die Gläser.

„Trinken Sie, geht aufs Haus."

38

„Ich war übrigens nochmal bei der Polizei“, sagt Sara, als wir wieder allein sind. „Sie haben den Bauern befragt, - Rübezahl -, und er hat unsere Geschichte bestätigt. Er wusste zwar nicht mehr, wann wir bei ihm geklopft haben, aber immerhin glaubt man uns jetzt, dass wir mit dem Totalschaden nichts zu tun haben.“
„Toll“, sage ich. Es ist mir egal. „Was ist mit Tim?“
„Hat sich nirgendwo gemeldet.“
„Und zu Hause?“
„Hab ich natürlich probiert. Seine Eltern haben auch nichts von ihm gehört.“
„Nein, ich meinte, bei *euch* zu Hause.“
„Bei uns? Wieso sollte er ausgerechnet bei uns sein?“
„Vielleicht war ihm die Sucherei nach uns irgendwann zu blöd oder er ist davon ausgegan-

gen, dass wir auch mit dem Zug zurückgefahren sind. Immerhin sind wir telefonisch nicht erreichbar. Außerdem weiß er, dass wir beide dringend im Betrieb erwartet werden."

„Das ist doch Quatsch, er macht sich sicher genauso Sorgen um uns wie wir um ihn. Wir sind ja auch nicht einfach heimgefahren, nachdem das Auto weg war. Außerdem hätte er doch bei seinen Eltern oder sonstwem angerufen, selbst wenn er *uns* nicht erreichen konnte. Zur Polizei ist er ja schließlich auch durchgekommen. Und unsere Freunde zu Hause wissen ja inzwischen Bescheid, falls er sich dort meldet."

Natürlich hat Sara damit Recht, aber sie geht sicherheitshalber zu dem Telefon auf der Theke hinüber und wählt ihre eigene Nummer.

„Anrufbeantworter", ruft sie mir zu und hält den Hörer hoch.

Doris kommt gegen acht. Sie wirkt erstaunlich aufgeräumt, was wahrscheinlich eine berufsbedingte Eigenschaft ist. Ich kenne sie nicht besonders gut, aber ihre nüchterne, urteilende und oftmals makabere Art konnte ich noch nie besonders leiden. Allerdings habe ich mal irgendwo gelesen, dass OP-Schwestern und

Pathologen überdurchschnittlich häufig zum Zynismus neigen, um die Schrecken ihres Berufsalltags zu verdrängen.
Nachdem wir endlich das Essen bestellt haben, erzählt sie von ihrem Auftritt im Krankenhaus. Doris ist eine gewisse resolut-autoritäre Ausstrahlung zu eigen, weshalb sie von den Schwestern ziemlich kühl und von den Ärzten mit offener Feindseligkeit empfangen wurde, besonders, als sie verlangte, bei der Obduktion assistieren zu dürfen.
Erwartungsgemäß wies man sie zurück, „ein normaler Vorgang", wie sie betont. Aber wie es der Zufall will, hat sie zusammen mit einer der Krankenschwestern aus der Unfallchirurgie die gleiche Schwesternschule besucht. Eine gewisse Xenia wird ihr nach der Obduktion das Ergebnis mitteilen und möglicherweise auch Einsicht in die Krankenakte gewähren.
„Xenia?" Ich werde hellhörig. „Heißt sie zufällig Fiorellino mit Nachnamen?"
„Ach ja, sie hat mir erzählt, dass ihr mit ihr gesprochen habt", sagt Doris. „Ja, das ist Xenia."
Sara sieht uns verwundert an.

„Mir ist der Name aufgefallen", erkläre ich ihr. „Die Schwester auf Judiths Station, mit der wir uns unterhalten haben."
„Die hübsche oder die runde?"
„Die runde", sage ich und muss lächeln. Doris verzieht keine Miene, während sie uns über das informiert, was sie in der Klinik erreicht hat.
Die Obduktion ist für morgen angesetzt. Es tut weh, so sachlich davon zu reden, als ginge es um eine TÜV-Untersuchung. Judith und ich haben uns sehr nahe gestanden, wir waren dicke Freunde seit unserer Kindheit, und es hat früher mal eine Zeit gegeben, in der mehr zwischen uns möglich gewesen wäre.
Ungefragt schildert uns Doris den üblichen Ablauf einer Obduktion. Zum Glück lenkt mich das Essen, das inzwischen von einer Kellnerin serviert worden ist, von den Einzelheiten ab, die als Tischgespräch nur bedingt taugen.
Auch Sara hat einen gesunden Appetit. Gelegentlich stellt sie sogar Zwischenfragen, keine Ahnung, wie sie das schafft.
Doris ist der Ansicht, dass eine Hirnblutung als Todesursache aller Wahrscheinlichkeit nach auszuschließen ist. Dr. Broich habe ihr nicht

befriedigend Auskunft darüber zu geben vermocht, wie er zu seiner Diagnose gekommen sei. Morgen werde man hoffentlich klarer sehen. Ein Blick hinüber zu Sara genügt, um mich zu vergewissern, dass ihr Doris ebenfalls auf die Nerven zu gehen beginnt.

39

Nach dem Essen rufe ich bei meinem Chef an und sage ihm, ich werde erst in zwei bis drei Tagen zurückkehren können.

„In zwei Tagen erst?“

„Ja. Oder drei“, wiederhole ich, da ich mich nicht festlegen möchte.

„Aha“, kommentiert er mit ausdrucksloser Stimme. „Was ist mit Tim? Ich versuche seit Tagen, ihn an die Strippe zu kriegen.“

„Ich weiß nicht“, gebe ich zu.

„Was soll das heißen?“

„Dass wir ihn bisher ebenfalls nicht erreichen konnten, um ihm zu sagen, wo genau wir uns befinden. Er hat allerdings bei der hiesigen Polizei angerufen, es ist ihm also nichts zugestoßen.“

„Hören Sie, ich will nicht lange drumherum reden“, sagt Claussen nach einer Weile und hustet. „Wie Sie wissen, habe ich Ihnen und Tim nur ungern gleichzeitig Urlaub gewährt, eigentlich hätte ich in der gegenwärtigen Situation einen von euch hierbehalten müssen. Die Bauaufsicht sitzt mir wegen des Ringhofer-Projekts im Nacken und Kröger will den Vorschuss erst zahlen, wenn ihm die geänderten Pläne vorliegen. Sehen Sie also zu, dass Sie Tim auftreiben, ich brauche ihn hier."

„Wir versuchen ja, ihn zu finden. Aber wir haben keine Ahnung, wo er stecken könnte."

„Dann kommen wenigstens Sie zurück. Sie und Tim, ihr seid die Einzigen, die sich mit dem Fall auskennen."

„Ich sehe zu, was sich machen lässt", sage ich.

„Das reicht mir nicht."

Keine Chance, ich muss ihm wohl oder übel von den Details des Unfalls und von Judiths Tod berichten. Danach ist er erstmal still, was einen äußerst seltenen Zustand bei ihm darstellt.

„Und Sie selbst können sich nicht an den Unfallhergang erinnern?"

„Doch. Aber als ich das Auto verließ, waren alle noch wohlauf und am Auto bloß ein paar Kratzer."

„Merkwürdig." Claussen lässt offen, ob er damit mein Gedächtnis oder den Unfall meint.
„Ja, das ist es in der Tat."
Er hustet noch einmal.
„Hören Sie, das mit Ihren Freunden ist wirklich eine schlimme Sache, aber ich kann in diesem Fall leider keine Rücksicht darauf nehmen. Irgendwer muss die Ringhofer-Papiere überarbeiten, und zwar bis Ende der Woche. Wenn Sie Tim nicht auftreiben können, müssen Sie es eben alleine machen. Wie gesagt, ich brauche mindestens einen von euch hier."
Was soll ich machen? Der Mann hat Recht und ich noch immer einen befristeten Vertrag. Wenn ich mich weigere, kostet ihn das eine Menge Geld und mich den Job. Manchmal liegen die Dinge ganz einfach.
„Übrigens besteht Kröger darauf, den Ablauf der nächsten Bauphase persönlich mit Ihrem Team abzusprechen. Ist eine gute Gelegenheit für Sie, sich für die Projektleitung zu qualifizieren."
Das gefällt mir nicht. Judith ist tot, Armin schwer verletzt. Tim ist weiß Gott wo, und ich habe keine Lust, ihn zu übergehen. So habe ich

mir den Wettbewerb untereinander nicht vorgestellt.
Andererseits würde ich nicht meine Hand dafür ins Feuer legen, dass er das Angebot im umgekehrten Fall ablehnen würde. Und mir ist nicht entgangen, dass Claussen und Tim sich mit Vornamen anreden, er hat mir gegenüber also einen gewissen Vorsprung.
„In Ordnung“, höre ich mich sagen, „ich fahre morgen zurück.“
Und wenn ich ehrlich sein soll, bin ich ganz froh, von hier wegzukommen.

Dienstag

40

An diesem Abend gehen wir früh zu Bett. Doris hat morgen früh ihren Termin mit Judith und Dr. Broich, und Sara und mir wird es ganz gut tun, ein bisschen Schlaf abzukriegen.
Doch als ich die beiden morgens zum Frühstücken abhole, fühle ich mich wie gerädert. Die ganze Nacht über habe ich wachgelegen und nachgedacht, über Judith und mich und die Jahre, kurzum: Über alles, was wir zusammen erlebt haben.
Nur an ihren Tod kann ich nicht denken, obwohl mir das Bild von ihr auf der Bahre nicht mehr aus dem Kopf geht. Es scheint zu früh dafür zu sein, die Konsequenzen aus Judiths Tod zu ziehen. Sie wird einfach nicht mehr da sein.
Doris trinkt bloß eine Tasse Kaffee und verschwindet gleich wieder. Sie hofft noch immer

darauf, den Ärzten bei der Obduktion über die Schulter schauen zu dürfen, und möchte beizeiten in der Klinik sein.

Sara hat ebenfalls nicht geschlafen, und da wir Zeit haben, ziehen wir unser Frühstück unnötig in die Länge. Sie hat natürlich auch gestern Abend und heute früh versucht, Tim an die Strippe zu kriegen. Ich habe allerdings den Eindruck, dass sie die Angelegenheit inzwischen mit bedeutend weniger Energie und Hoffnung angeht.

Ihr eigenes Handy scheint zu spinnen, jedenfalls erhält sie statt der üblichen *Teilnehmer-nicht-erreichbar-* neuerdings die Meldung *Kein Signal*, weshalb auch sie dazu übergegangen ist, zusätzlich von Frau Wallensteins Flurtelefon aus anzurufen.

„Ich kapiere nicht, weshalb er das Ding nicht einschaltet“, meint sie.

„Vielleicht hat er sein Handy ja verloren?“, gebe ich zu bedenken.

Judiths Eltern werden nicht vor Mittag hier eintreffen, bei den vorherrschenden Wetterbedingungen sogar eher später. Ein tückischer Nieselregen hat vor kurzem eingesetzt und die

Straßen in Rodelbahnen aus blankem Eis verwandelt.
„Sollen wir?“, frage ich Sara.
„Von mir aus.“
Einen Versuch wollen wir noch starten, zu Armin vorzudringen. Die Neonleuchte über der Eingangstür zur Intensivstation ist noch immer kaputt, was es einigermaßen erschwert, den Inhalt der ausliegenden Infobroschüren zu entziffern. Seiten umblätternd drücken wir uns eine Weile vor der Tür herum und beobachten, wer ein- und ausgeht.
Die unhöfliche Schwester vom Vortag ist nicht darunter, der richtige Zeitpunkt also, zu Armin vorzudringen. Ich betätige den Klingelknopf.
„Ja, bitte?“ Eine männliche Stimme. So weit, so gut.
„Guten Tag“, sage ich. „Mein Name ist Geuthke, ich möchte meinen Bruder besuchen. Er ist Patient auf dieser Station.“
„Augenblick, bitte. Ich komme zur Tür.“
Ein ziemlich junger Pfleger öffnet uns, auch er hat die Patientenliste dabei.
„Sie möchten zu Herrn Geuthke?“
„Ja.“

Er schlägt die Liste auf. „Geuthke, Armin?"
„Richtig."
„Und Sie sind der Bruder?"
„Ja", lüge ich.
Er sieht zu Sara hinüber.
„Meine Frau", lüge ich weiter, und er nickt.
„Sie wissen, dass Ihre Schwester heute auch schon hier war?"
„Ja."
„Nun, Herr Geuthke, wie ich Ihrer Schwester bereits mitgeteilt habe: Es dürfen nur zwei Besucher pro Tag zu den Patienten."
Ich ahne, worauf er hinaus will, einer von uns soll draußen bleiben. Aber ich bin für den Fall vorbereitet, dass man uns aus irgendwelchen Gründen abwimmeln möchte.
„Genau das hat uns Professor Janiszek auch gesagt, aber er meinte, wir sollten uns auf ihn berufen, dann ginge das ausnahmsweise in Ordnung."
„Professor Janiszek?"
„Ja, wir hatten ein ziemlich langes Gespräch wegen meines Bruders und der seltsamen Umstände, unter denen seine bei dem Unfall offenbar nur leicht verletzte Lebensgefährtin

hier in der Klinik vorletzte Nacht verstorben ist.“

„Darüber weiß ich nichts.“

Ich bin mir ziemlich sicher, dass diesmal *er* lügt. Man kann ihm ansehen, wie es in seinem Kopf arbeitet.

„Ist das mit unserem Besuch denn ein Problem?“, frage ich.

„Na ja ...“

„Professor Janiszek meinte nämlich, es sei keines“, sage ich in einem gereizten Tonfall, den ich mir bei Claussen abgeguckt habe. „Sie können ihn aber gerne anrufen, wenn Sie uns nicht glauben.“

Der Pfleger überlegt kurz, hält uns dann aber die Tür weit auf. „Es ist ja nicht wegen mir, ich will nur keinen Ärger mit der Stationsleitung kriegen.“

„Keine Sorge“, beruhige ich ihn, „wir bleiben ohnehin nicht lange.“

41

Wir streifen uns zwei der grünen Kittel über, die in einer Schleuse vor der eigentlichen Intensivstation an Kleiderhaken hängen. Daneben stehen grasgrüne Gummischuhe in einem Regal. Der Pfleger fragt uns nach unserer Schuhgröße und sucht uns die passenden Paare heraus. „Und bitte setzen Sie noch eine Haube für die Haare auf."

Durch eine weitere Tür gelangen wir auf einen Gang, zu dessen beider Seiten gläserne Kammern abgehen. Jeweils zwei bis drei Patienten liegen dort in ebenfalls verglasten Betten wie in Aquarien. Manche werden über Schläuche beatmet.

„So, hier geht's zu Ihrem Bruder", der Pfleger öffnet eine der Glastüren, „ich komme später wieder vorbei."

Ich bedanke mich bei ihm.

„Erklärst du mir mal, was es mit diesem Doktor Seltsam auf sich hat?“, fragt Sara, als er gegangen ist.
„Professor Janiszek?“
„Genau der.“
„Ist der Leiter dieser Klinik.“
„Und woher kennst du ihn?“, will sie wissen.
„Ich kenne ihn ja gar nicht. Aber sein Name steht in jeder dieser Broschüren.“
Doris hat uns auf Schlimmes vorbereitet, doch es ist noch schlimmer. Armin liegt in einer Art Streckverband in seinem Bett, um seinen Kopf sind meterweise Mullbinden gewickelt, auf denen ein halbkugelförmiger Stahlkäfig thront, der aussieht wie die Halterung eines Globus’. Die Schraubzwingen daran sind offenbar dafür zuständig, Armins Kopf in seiner Stellung zu halten.
An seinem linken Arm hängen mehrere Infusionströpfe, und rund um das Bett blinken Kontrollgeräte. Das Ganze sieht gespenstisch aus.
Schweigend stehen Sara und ich vor dem Bett. Der Pfleger hat uns fünf Minuten gegeben, ich frage mich, wie wir die Zeit überbrücken sollen.

Im Gegensatz zum anderen Teil der Intensivstation, die wir bereits kennen, hat Armin ein Einzelzimmer, dem man mit Hilfe von Jalousien ein wenig Privatsphäre verleihen kann. Die Beleuchtung allerdings ist genauso grell wie im Rest der Station.

„Hallo, Armin", sagt Sara tonlos.

„Ist das gruselig hier."

Ich fühle mich unbehaglich beim Anblick all der Maschinen.

„Meinst du, er kann uns hören?"

„Weiß nicht."

„Armin?" Sara tritt näher ans Bett heran. „Hat er sich grad bewegt?"

„Bewegt?"

Armin liegt nach wie vor vollkommen regungslos in seinem Bett.

„Ich dachte, seine Augenlider hätten sich bewegt."

Wir starren auf seine Augendeckel und halten die Luft an. In einer der Maschinen pumpt eine Art Blasebalg, direkt über uns ziehen die Herz- und Pulsfrequenzen ihre Kurven. Schließlich schüttelt Sara den Kopf.

„Ich glaub, ich hab Halluzinationen."

Armins Hand fühlt sich seltsam weich an, als ich sie ergreife, kein Muskel bewegt sich darin. So sitze ich an seinem Bettrand und lausche den Frequenztönen der Kontrollgeräte und seinem stoßweise gehenden Atem, und genau so findet mich der Pfleger, als er uns wieder abholt.
„Es tut mir leid, aber ich muss jetzt die Infusion erneuern", sagt er. Ich bin heilfroh, ihn zu sehen.
„Wie steht es um ihn?", fragt Sara. „Ich meine, abgesehen von dem, was man sieht."
„Kann ich Ihnen nicht sagen. Da müssten Sie mal mit der behandelnden Ärztin reden."
„Und die wäre?"
„Dr. Scholz. Sie ist gerade nebenan bei einem anderen Patienten. Sobald ich hier fertig bin, kann ich sie gerne fragen, ob sie einen Moment Zeit für Sie hat."
„Ja, danke", sage ich und werfe durch die Jalousien hindurch einen Blick auf die vollverglaste Station. Im Nebenraum spricht die unhöfliche Frau von gestern, die ich für eine Krankenschwester gehalten habe, mit einem Patienten.
„Lass uns gehen", raune ich Sara zu.

„Wieso denn? Wir wollen doch noch mit der Ärztin sprechen."

„Geh einfach raus", sage ich und lege einen Schritt zu, denn in diesem Augenblick sieht die Ärztin zu uns herüber.

„Was ist denn los?", fragt Sara, während ich sie am Arm in die Schleuse ziehe.

„Die blöde Kuh von gestern ist die Stationsärztin."

Wir pfeffern die Gummischuhe in die Ecke, zerren an den Kitteln und werfen sie mit den Kopfhauben in die Wäschebox. Für unsere Schuhe ist keine Zeit, wir klemmen sie unter den Arm und rennen barfuß in den Winter hinaus.

42

Später treffen wir uns mit Doris in unserer Pension. Sie hat Neuigkeiten für uns und kann es kaum erwarten, sie uns auf unserem Zimmer zu erzählen.

„Von wegen Hirnblutung!", beginnt sie. „Den bisherigen Krankenberichten nach weist alles auf obstruktive Hyperkapnie mit Todesfolge hin."

„Und was bedeutet das?", fragt Sara.

„Das bedeutet, dass Judith vermutlich erstickt ist."

„Wie, erstickt?"

„Genauer gesagt: Es könnte sogar sein, dass sie erstickt *wurde*. Exakt lässt sich das allerdings erst durch die Ergebnisse der Obduktion feststellen, deshalb halten wir die Polizei vorläufig noch raus."

„Wie, du hast die Ergebnisse der Obduktion gar nicht einsehen können?", wundere ich mich. „Ist

sie denn noch gar nicht vorgenommen worden?"
„Nein. Dr. Broich will morgen zusammen mit dem Chefarzt und dem Pathologen drangehen."
„Morgen erst? Warum nicht heute?" Sara ist ungehalten.
„Weil heute Judiths Eltern ankommen und es kein schöner Anblick für sie wäre, wenn man am Kopf ihrer Tochter herumschneidet. Sie möchten sie bestimmt sehen und müssen sie als nächste Angehörige sowieso nochmal identifizieren."
„Und wie kommst du auf Ersticken, wenn die Autopsie aufgeschoben wurde?"
„Genau so, wie die Ärzte eigentlich drauf hätten kommen müssen. Judiths Blutwerte zeigen zum Todeszeitpunkt deutlich erhöhte Kohlenstoffdioxidwerte auf. Wundert mich, dass das niemandem aufgefallen ist."
„Wahrscheinlich hat sich nach der Hirnblutung keiner mehr Gedanken darüber gemacht."
„Das ist es ja! Dem Krankenblatt zufolge hatte Judith bei dem Unfall keine inneren Verletzungen davongetragen, und die paar aufgeführten Schnitte und Frakturen waren nicht lebensbe-

drohlich. Es gibt also keine Anzeichen für eine Hirnblutung."

„Wie jetzt, es gab gar keine?", fragt Sara.

„Ganz ausschließen lässt sie sich nicht, aber aufgrund von Judiths relativ harmlosen Kopfverletzungen und der Tatsache, dass sie offenbar bis auf kurze Pausen bei Bewusstsein war, halte ich sie für sehr unwahrscheinlich. Wohingegen die hohe Konzentration von CO_2 in ihrem Blut auf jeden Fall tödlich war."

„Und wie kann diese hohe Konzentration zustande kommen?"

„Luftnot", sagt Doris. „Wenn kein Sauerstoff mehr in die Lunge gelangt, kann sie das Kohlenstoffdioxid, das sie selbst produziert hat, bloß noch ans Blut abgeben."

„Ja, das ist schon klar. Aber wieso ist Judith gleich erstickt?"

„Und weshalb denkst du, dass sie erstickt *worden* ist?", fragt Sara.

„Das ist nur eine Möglichkeit. Was mich irritiert, sind die widersprüchlichen Aussagen der Ärzte und des Krankenblattes. Da ist irgendwas faul. Jedenfalls waren all ihre Lungenfunktionswerte in Ordnung, als sie eingeliefert wurde, und es gab weder Rippenbrüche noch Quetschungen im Brustbereich. Eigentlich ist die Hyperkapnie genauso mysteriös wie die angebliche Hirnblutung, aber das CO_2 wurde definitiv nachgewiesen. Was es mit der Blutung auf sich hat, wird erst die Obduktion zeigen. Morgen wissen wir mehr. Xenia hat einen Freund in der Pathologie und wird mich gleich informieren, wenn die Ergebnisse vorliegen. Aber wie gesagt, vorher müssen Judiths Eltern sie noch identifizieren."

„Sollten sie nicht schon längst da sein?", frage ich und sehe auf die Uhr an Doris' Handgelenk. Es ist inzwischen Viertel vor zwei.

Sie erhebt sich.

„Ich gehe mal runter und frage Frau Wallenstein."

43

Als sie das Zimmer verlassen hat, sieht Sara mich an. „Verstehst du das?“
„Nein“, gebe ich zu.
„Warum sollte jemand Judith *umbringen* wollen? Das ist doch vollkommen absurd, oder? Ich komme mir vor wie im falschen Film.“
„Keine Ahnung. Aber vielleicht sollten wir erstmal das endgültige Ergebnis der Obduktion abwarten, bevor wir uns solche Gedanken machen.“
Doris klopft und sagt uns Bescheid, dass Judiths Eltern vor wenigen Minuten ihr Zimmer bezogen haben. Wir warten unten im Hausflur auf sie.
Zehn Minuten später kommen sie die Treppe herunter. Judiths Mutter sieht schlimm aus, alt und unglaublich blass. Ihren Vater kenne ich nicht sehr gut, sein Gesicht ist aus Stein.

Die Begrüßung fällt knapp aus. Ich habe nicht den Eindruck, dass Judiths Mutter mich erkennt, als ich ihr versichere, wie leid es mir tut.
Im Gasthaus essen wir schweigend unsere Suppe, jeder hängt seinen Gedanken nach. Ich beobachte Judiths Eltern, sie wirken mit dieser Mischung aus Bitterkeit, Schicksalsergebenheit und Trotz auf den Gesichtern wie die Angehörigen eines gefallenen Kriegshelden.
Da ich nicht weiß, was ich ihnen sagen könnte, verziehe ich mich mit Sara nach dem Essen. Doris wird Judiths Eltern jetzt ins Krankenhaus bringen, das wird eine Weile dauern. Wir wollen noch mal bei der Polizei nach Tim fragen.
Wie zu befürchten war, hat man immer noch keine Nachricht von ihm. Von der Telefonzelle vor der Post aus versuchen wir es zu Hause bei allen Bekannten, die uns einfallen, doch auch dort hat er sich nicht gemeldet. Einigermaßen ratlos stapfen wir durch den Schnee, der am Vormittag wieder gefallen ist.
„Ich würde sagen, wir erkundigen uns mal nach dem Zug“, schlage ich vor. „Das hier zieht sich bestimmt noch etwas hin, die Autopsie, die Formalitäten und das alles.“

Ich muss an Judith denken und an Armin, der zwischen all den Maschinen liegt, und es schnürt mir das Herz zu.
Prompt meint Sara: „Du willst schon fahren? Und was ist mit Armin?"
„Ich würde ja dableiben, aber Claussen gibt mir nicht unbegrenzt frei."
„Ich weiß."
„Er hat mir quasi die Pistole auf die Brust gesetzt. Außerdem kann ich hier doch nichts für Armin ausrichten. Ich gehe mal davon aus, dass Doris ihn heimbringen lässt, sobald er transportfähig ist."
„Transportfähig? Er liegt im Koma!"
„Eben. Wir können derzeit nicht viel für ihn tun. Gar nichts, um genau zu sein."
„Nein, nicht wirklich", gibt sie zu. „Aber ich bleibe trotzdem zumindest so lang hier, bis Tim kommt. Judiths Eltern können glaub ich ein bisschen Beistand gebrauchen."
„Ich verspreche dir, dass ich zurückkomme, sobald ich kann. Am Wochenende bin ich wieder hier, garantiert."
Sara zögert, weiß nicht, was sie davon halten soll. Ich komme mir vor wie ein Verräter.

Schweigend gehen wir weiter. Als ich unauffällig meine Hand vor Augen halte, sehe ich, dass sie zittert.

Noch immer verschließt sich mir das ganze Ausmaß dieses Albtraums, aber ich hege die Hoffnung, dass die Dinge für mich klarer werden, je weiter ich den Ort hinter mir lasse, an dem sich alles ereignet hat.

44

Heute hat Schwester Fiorellino wieder Dienst in der Unfallchirurgie. Während wir darauf warten, dass sie ihren Bericht beendet, zähle ich im Stillen die „Danke“-Postkarten der geheilten Patienten am Schwarzen Brett mir gegenüber. Es sind neunzehn. Judith hingegen wird keine Karte mehr schreiben können.

„So, fertig“, sagt die Schwester und klappt das Stationsbuch zu.

„Hatten Sie uns angerufen?“, fragt Sara.

„Ja, das war ich.“

„Geht es Armin besser?“

„Das kann ich Ihnen leider auch nicht sagen, denn so weit ich weiß, liegen die Ergebnisse der letzten Tests noch nicht vor. Sein Zustand ist aber alles in allem immer noch stabil, wie ich gehört habe.“

„Wird er aus dem Koma erwachen?“

„So, wie es aussieht, kann er ebenso gut heute oder in einem Jahr aus dem Koma erwachen. In dieser Situation können Sie nichts für ihn tun als hoffen. Und beten, falls Sie religiös sind."

Sie sagt es ohne Sarkasmus in der Stimme. Für sie ist es einfach eine Tatsache, an der es nichts zu beschönigen gibt. Immerhin ist sie erfahren genug, um zu sehen, wie es um Saras und meine Verfassung bestellt ist.

„Ihr Freund ist bei uns in guten Händen. Ich kann Ihnen versichern, dass meine Kolleginnen und Kollegen von der Intensivstation alles nur Mögliche versuchen werden, um ihn zurückzuholen. Aber ob und wann sie das schaffen, hängt unter anderem von der Zeit ab. Vor allem aber von ihm selbst."

„Wir haben eben davon gesprochen", sage ich zu ihr. „Ich muss noch diese Woche wieder nach Hause. In der Firma steht eine sehr wichtige Auftragsarbeit an, an der ich beteiligt bin, und ich muss mich dort zumindest mal sehen lassen."

„Nun, es ist nicht notwendig, dass Sie hier bleiben. Frau Doktor Scholz, die behandelnde Ärztin, hat das auch Doris und den Eltern von

Frau Herres bestätigt. Sein Zustand kann, wie gesagt, noch Wochen und Monate ohne wesentliche Veränderung andauern. Man wird Ihnen aber umgehend Bescheid geben, wenn sich daran etwas ändert."

„Zum Wochenende werde ich wohl sowieso wiederkommen."

Mir fällt auf, dass sie eine abwehrende Haltung einnimmt und die Arme vor der Brust verschränkt.

„Das steht Ihnen natürlich frei. Aber ich glaube kaum, dass Sie Herrn Geuthke besuchen dürfen."

„Wieso nicht?", mischt sich Sara ein.

Die Krankenschwester sieht uns offen und etwas weniger freundlich an.

„Deshalb habe ich Sie angerufen. Ist es wahr, dass Sie sich bei Ihrem letzten Besuch heute früh als Angehörige von Herrn Geuthke ausgegeben und außerdem auf Professor Janiszek berufen haben?"

Wir antworten ihr sicherheitshalber erst gar nicht.

45

„Sie können sich sicher vorstellen, wie überrascht Professor Janiszek war, als er davon erfahren hat. Es hätte nicht viel gefehlt, und Sie hätten jetzt eine Anzeige am Hals."

„Das hat der Pfleger von heute Morgen bestimmt bloß falsch verstanden", starte ich einen schwachen Rettungsversuch.

„Da Sie es erwähnen: Bei dem sollten Sie sich lieber nicht wieder blicken lassen. Er hat einen Riesenanschiss Ihretwegen bekommen."

„Wir wollten doch nur mal sehen, wie es Armin geht", sagt Sara.

„Dafür habe ich sogar Verständnis. Aber sich unter falschen Voraussetzungen hier einzuschleichen ist der falsche Weg, zumal Professor Janiszek" – Schwester Fiorellino wirft einen Blick auf den Gang hinaus und senkt die Stimme – „ein bisschen cholerisch werden kann."

„Hören Sie, es tut mir leid, dass wir Ihrem Kollegen solche Unannehmlichkeiten bereitet haben, aber es schien die einzige Möglichkeit zu sein, zu unserem Freund vorzudringen."

„Ist ja auch egal", meint sie, „geschehen ist geschehen. Jedenfalls haben wir heute Mittag seitens der Klinikleitung die Anweisung erhalten, die Vorschriften bezüglich der Krankenbesuche ab sofort strengstens einzuhalten, ganz besonders, was *Ihre* Person angeht. Wir dürfen nur noch *echte* Familienangehörige - in diesem Fall Doris - zu Herrn Geuthke vorlassen."

„Woher weiß denn die Klinikleitung überhaupt von uns?", will Sara wissen.

Die Krankenschwester schweigt dazu, aber man sieht ihr an, dass sie die Antwort kennt.

„Die Stationsärztin", sage ich.

„Dann sind wir jetzt echte Outlaws in diesem Krankenhaus?"

„Sieht so aus. Anders wär's mir allerdings lieber."

„Also, *ich* werde schon wegen Tim hier bleiben", meint Sara.

„Schön, dann sehen wir uns alle am Wochenende wieder", entscheide ich und halte Schwester

Fiorellino die Hand hin. „Ich werde mich nämlich nicht durch diesen Kinderkram davon abhalten lassen, meinen Freund zu besuchen."

„Auch das kann ich verstehen", die Krankenschwester gibt ihre abwehrende Körperhaltung auf und schüttelt meine Hand zum Abschied, „aber machen Sie sich bitte nicht zu viel Hoffnung."

„Wir werden sehen. Danke schön jedenfalls für Ihre Hilfe."

„Keine Ursache."

„Wissen Sie zufällig, wo ich einen Fahrplan für den Zug herbekomme?", frage ich sie, bevor wir wieder gehen. „Ich habe versucht, die Auskunft anzurufen, bin unter der Nummer aber nie durchgekommen."

„Das wundert mich nicht. Die Leitungen sind teilweise eingefroren."

„Eingefroren?"

„Passiert hier jeden Winter mindestens ein Mal. Dieses Jahr hatten wir besonders viel Schneefall, da streiken sogar die Handys manchmal."

Sie zieht eine Schublade auf, entnimmt ihr ein schmales Heft und reicht es mir. Es ist ein altmodischer Werbeprospekt des Nachbarortes

Großgemünd, auf dem neben allerlei Schwarzwaldkitsch und einem Gasthof auch der historische Bahnhof abgebildet ist. Daneben stehen, handschriftlich vermerkt, die Abfahrtszeiten in Richtung Frankfurt und Mannheim.

„Eine Freundin hat mich vor kurzem besucht. Die Zeiten müssten noch stimmen."

„Hätten Sie nochmal einen Kugelschreiber für mich?", frage ich und reiße einen weiteren Zettel von dem Notizblock auf dem Ablagebord, um mir die Zeiten zu notieren.

„Sie können den Prospekt behalten. Ich brauche ihn sowieso nicht mehr."

„Dann vielen Dank." Ich stecke das Faltblatt ein und reiche ihr die Hand, ehe mir einfällt, dass wir uns bereits auf Wiedersehen gesagt haben. Schwester Fiorellino lächelt zum Abschied. „Kommen Sie gut nach Hause."

46

Doris und Judiths Eltern sind noch nicht wieder zurück, also gehen wir hinüber ins das kleine Café um die Ecke, das wir gestern entdeckt haben und wo wir uns mit ihnen treffen werden. Zu essen gibt es nur Torte, und von den Gästen ist keiner unter siebzig. Wir werden von allen Seiten begafft, offenbar kennt man sich untereinander.

Die Bedienung ist aus einer anderen Welt und ziemlich unfreundlich, aber da wir nun schon mal da sind, bestellen wir Kaffee und Schwarzwälder Kirschtorte und setzen uns an einen Tisch im hinteren Teil des Raumes, wo wir reden können. Oder besser: murmeln, denn die anderen Gäste unterhalten sich entweder gar nicht oder raunen sich so leise zu, dass die Kuchengabeln fast schon obszön laut auf den Tellern klirren.

„Meinst du, man kann diesem Dr. Broich trauen?", fragt mich Sara.

„Dr. Broich?"

„Na ja, er hat immerhin bescheinigt, dass Judith an einer Himblutung gestorben ist. Wenn Doris nicht gekommen wäre, hätten wir das doch geschluckt."

„Du meinst, er hat absichtlich eine falsche Todesursache angegeben? Warum hätte er das tun sollen?"

„Vielleicht, um sich peinliche Fragen zu ersparen? Überleg doch mal: Wenn sich Doris' Vermutung bestätigt, wurde Judith *umgebracht*. Weißt du, was das bedeutet?"

„Jetzt verrenn dich mal nicht in so einen Verfolgungswahn. Wenn du mich fragst, übertreibt Doris ab und zu mal ganz gerne."

„Wie meinst du das?", fragt Sara.

„Was hat sie denn bisher herausgefunden? Dass Judiths Blutwerte zu viel Kohlendioxid aufgewiesen haben."

„Kohlen*stoff*dioxid."

„Das ist doch dasselbe. Was ich damit eigentlich sagen will: Es beweist weder, dass Judith tatsächlich erstickt ist, noch – und das finde ich noch viel wichtiger – beweist es, dass sie erstickt *wurde*. Möglicherweise findet sich bei der Obduktion ja doch noch der Grund für Dr. Broichs Verdacht auf Hirnblutung. Dann waren alle Spekulationen für die Katz."

„Aber kommt dir seine Fehldiagnose nicht auch ein bisschen merkwürdig vor?"

„Das schon", gebe ich zu. „Nur ist er Arzt und Doris nicht. Wer sagt uns, dass *sie* sich nicht irrt? Und selbst wenn Broich was Falsches diagnostiziert hat, heißt das ja noch lange nicht, dass er es bewusst getan hat. Vielleicht ist er einfach ein schlechter Arzt und hat dem erhöhten CO_2-Gehalt wegen seiner Vermutung auf Hirnblutung nicht weiter Beachtung geschenkt."

„Möglicherweise war das mit dem Ersticken ja gar keine Absicht, sondern eine Art Kunstfehler. Wenn erst einmal bewiesen wäre, dass Judith keines natürlichen Todes gestorben ist, würde hoffentlich endlich auch mal die Polizei aktiv werden. Hast du eine Ahnung davon, was das für die Klinik und diesen Dr. Broich im Besonderen bedeuten würde?"

Ich weiß natürlich, worauf sie hinaus will. Das mit dem Kunstfehler und einer möglichen

Verschleierung erscheint mir allerdings ebenso abwegig wie eine Ermordung Judiths.

Je länger ich darüber nachdenke, desto geschmackloser finde ich Doris' Vermutung. Für gewöhnlich ist mir ihre große Klappe egal, aber in diesem Fall sollte sie sich meiner Meinung nach an die Fakten halten. Die Obduktion wird uns sicher Aufschluss über Judiths Tod geben, und wenn sie tatsächlich erstickt wurde, wird man die Polizei einschalten müssen.

Aber daran glaube ich eigentlich nicht. Obwohl mir die Ereignisse der letzten Tage immer noch eine Menge Rätsel aufgeben, sehe ich dahinter nicht gleich eine Verschwörung.

Ich muss an die Worte des Polizisten denken: *Das hier ist nicht Alaska, sondern nur der Schwarzwald.* Amerikaner mögen ja Krimiserien mit wahnsinnigen Ärzten lieben, die noch lebenden Patienten Organe entnehmen und meistbietend verschachern. Ich für meinen Teil leide jedoch nicht unter Verfolgungswahn.

Und ja, ich habe auch schon von dieser Gruselstory aus Indien oder Malaysia gehört, in der ein Tourist nach einem Überfall angeblich in einer dunklen Gasse und ohne seinen linken Lungenflügel wieder zu Bewusstsein gekommen sein soll.

Aber dies hier ist der Schwarzwald, bekannt für seine Folklore, Dr. Brinkmann und Kuckucksuhren. Nicht für Mörder und Organhändler.

Judiths Tod tut mir weh, mir ist, als fehle plötzlich nicht nur eine Freundin, sondern auch ein Stück von mir. Jedenfalls steht mir der Sinn nicht nach Detektivspielen.

„Wir reden gleich noch mal mit den anderen darüber“, sage ich schließlich. „Dann entscheide ich auch, ob ich morgen tatsächlich abreisen werde oder nicht. Wenn sie auch meinen, dass wir alle hier bleiben sollten, werde ich versuchen, Claussen das klar zu machen. Nur sehe ich keinen Sinn darin, zu warten, bis etwas passiert.“

47

Doris kommt mit Judiths Eltern zur Tür herein. Wir ziehen um an einen größeren Tisch, wobei mein Kaffee überschwappt und die Untertasse füllt.

Judiths Mutter sieht diesmal noch blasser aus, und auch ihr Vater hat Farbe eingebüßt. Sie tun mir leid, es muss furchtbar sein, die eigene tote Tochter identifizieren zu müssen.

Bevor Doris das Tischgespräch an sich reißen kann, teile ich der Runde mit, dass ich nach Hause fahren muss. Ich schildere auch meine Beweggründe für diesen Entschluss, wobei ich natürlich unerwähnt lasse, dass mich meine Rückkehr praktischerweise gleichzeitig der Aufnahme in die Projektleitung näher bringt.

Judiths Eltern reagieren kaum darauf, sie scheinen sogar damit gerechnet zu haben. Vielleicht ist es ihnen auch egal.

Doris hingegen ist fassungslos. „Du fährst *heim*?“
„Ja.“
„Und was ist mit Armin? Er ist doch dein Freund, und er liegt da oben im Koma.“
„Ja“, wiederhole ich und fühle mich mies, weil es mir selbst gut geht und ich unverletzt bin. Gleichzeitig sagt mir mein Verstand, dass es Armin umgekehrt natürlich auch nichts nutzen würde, wenn ich ebenfalls verletzt wäre.
Doris lässt nicht locker. „Und was ist mit Judith, ist dir das egal?“
Ich werfe einen Blick hinüber zu Judiths Eltern, die verlegen den Plastikveilchenstrauß auf dem Tisch anstarren.
„Nein, das ist mir alles andere als egal.“
„Also?“
Die Bedienung kommt und nimmt die Bestellung entgegen.
„Zwei Kaffee, ein Tee. Möchten Sie ein Stück Torte dazu?“
Judiths Mutter sieht ihren Mann an. Er zeigt keine Regung, aber auch das scheint bei ihm etwas zu bedeuten. „Nusskuchen, bitte“, sagt Judiths Mutter.

„Wir haben nur Torte."
„Sie haben nur Torte", erklärt sie ihrem Mann. „Willst du Torte?"
Judiths Vater nickt, und seine Frau bestellt Nusstorte. Doris lässt mich währenddessen nicht aus den Augen, sie kotzt mich an mit ihrer Selbstgerechtigkeit. Endlich geht die Bedienung wieder.
„Hört mal, ihr wisst, dass Judith und ich uns seit Kindertagen kennen - gekannt haben", korrigiere ich mich und vermeide es diesmal, ihre Eltern anzusehen. „Und wie du schon richtig gesagt hast: Armin ist mein Freund, also bitte. Wenn's nach mir ginge, bliebe ich ja hier, aber mein Chef hat mich regelrecht gezwungen, zurückzukehren. Außer mir kennt sich nur Tim mit dem Projekt aus, und da wir nicht wissen, wo er ist, bleibe nur ich übrig. Wenn ich nicht nach Hause fahre und mich dahinter klemme, werde ich wahrscheinlich gefeuert."
„Und du, wie geht es dir damit?", fragt Doris Sara.
„Wie geht's mir *womit*?"
„Dass dein Mann verschwunden ist und Thorsten nach Hause fährt, um ihr gemeinsames

Projekt fertigzustellen und ihren Chef nicht zu verärgern."

„Einen Moment mal", protestiere ich. „So, wie du das sagst, klingt das verdammt nach Arschkriecherei. Aber es geht bei dem Projekt um einen Millionenauftr- ..."

„Ich finde es vollkommen richtig, dass er fährt", kommt mir Sara zu Hilfe.

„So?"

„Allerdings. Judiths Tod kann er nämlich nicht wieder rückgängig machen, egal, wie lange er bleibt. Keiner von uns kann das."

Neugierig drehen sich zwei Senioren am Nachbartisch zu uns um. Sara legt eine Sprechpause ein, bis sie sich wieder ihren eigenen Angelegenheiten widmen.

„Und was Armin betrifft: Die Schwestern meinten, er könne jeden Tag oder auch erst nächstes Jahr wieder aus dem Koma erwachen. Auch daran können wir nichts ändern. Warum sollte Thorsten also hier bleiben? Er findet das alles genauso schlimm wie du und ich, aber er kann sich eben nicht wie wir einfach noch ein paar Tage länger frei nehmen."

„Ach nein?"

„Nein. Ich weiß selbst, wie wichtig es ist, den Zeitplan dieser Projekte einzuhalten, und sobald Tim auftaucht, werden wir auch schleunigst zurückfahren müssen."

„Bei euch ist das ja auch was Anderes", sagt Doris.

„Warum? Weil wir Armin erst letzte Woche kennen gelernt haben? Das macht für mich keinen Unterschied. Keiner behauptet, dass es schön ist, deinen Bruder hier lassen zu müssen, aber andererseits können wir ihm zuliebe nicht einfach unsere Jobs kündigen und unser Leben zu Hause aufgeben. Zumal auf Thorsten ein Berg Arbeit wartet, wenn er das Projekt vorerst ohne Tim stemmen soll."

„Tja, auf Armin warte jetzt nur noch ich", sagt Doris trocken.

„Das ist nicht fair, und das weißt du sehr genau." Ihren Vorwurf kann ich nicht auf mir sitzen lassen, auch wenn ich Sara gegenüber, die sich für mich einsetzt, ohne all meine Beweggründe zu kennen, ein schlechtes Gewissen habe.

„Außerdem bleibe ich auch noch hier", antwortet sie. „Schön übrigens, Doris, dass du nicht

nur auf Armin, sondern außerdem mit mir auf Tim wartest."
Judiths Mutter hebt den Kopf und meldet sich zu Wort. „Aufhören! Bitte!"
Sie sagt es leise, aber so eindringlich, dass Doris, die gerade angehoben hatte, etwas auf Saras Anspielung zu erwidern, wieder verstummt. Wir sehen Judiths Mutter an. Sie hat, seit sie hier ist, kaum ein Wort gesprochen, und es kommt uns allen irgendwie unnatürlich vor, ihre Stimme zu hören.
„Judith ist tot", flüstert sie jetzt fast. Ich sehe, dass ihr die Tränen in den Augen stehen, doch sie weint nicht. Stattdessen ergreift sie meine auf dem Tisch liegende Hand und drückt sie fest.
„Fahr nur, wenn du musst. Wir verstehen das."
„Samstag bin ich wieder hier", sage ich, „das verspreche ich."
Die Bedienung bringt die Torte, aber inzwischen ist allen der Appetit vergangen. Allen außer Judiths Vater, der die Torte nur so in sich hineinschaufelt, ohne dabei ein einziges Mal aufzusehen.

Mittwoch

48

Am darauf folgenden Morgen bin ich als Erster auf den Beinen. Ich habe in dieser Nacht schlecht geschlafen, Judith geisterte durch meine Träume.
Sie wurde von etwas oder jemandem verfolgt, ohne dass ich ihren Verfolger hätte erkennen können. Ich sah nur die Angst in ihren Augen.
Als Nächstes fuhren wir mit dem Auto, Judith, Armin, Tim, Sara und ich, doch es war nicht Armins Wagen. Ich saß hinten, und außer mir schliefen alle, auch Judith am Steuer.
Dann wurde mir klar, dass sie tot waren, und ich versuchte in meiner Panik, ans Lenkrad zu kommen. Aber es war zu spät, in einer Kurve kamen wir von der Straße ab und schossen in die Nacht hinein.
Schließlich wurde ich durch mein eigenes Schreien geweckt. Der Schweiß lief mir von der

Stirn und mein Herz klopfte bis zum Hals, während ich im Bett saß und langsam registrierte, wo ich mich befand.

Quietschend und ächzend rollen sich die schweren Läden zusammen, als widerstrebe es ihnen, das Tageslicht ins Zimmer zu lassen. Ich öffne die Tür, strecke mich und trete hinaus auf den kleinen Balkon.

Direkt unter mir schaufelt ein Junge den Neuschnee vom Bürgersteig. In der gegenüberliegenden Garageneinfahrt lässt jemand seinen Wagen warmlaufen und hantiert währenddessen mit dem Eiskratzer herum. Es ist kalt, bitterkalt, und ich sehe zu, dass ich wieder ins Zimmer zurückkomme.

Meine Sachen stehen bereits gepackt zur Abfahrt bereit. Ich dusche, ziehe meine brandneue Feinripp-Unterhose an, sammele den Kleinkram ein, der noch im Zimmer herumliegt, und stecke ihn in den Rucksack. Danach hänge ich die Laken zum Lüften übers Fußteil des Bettes und verlasse das Zimmer.

Es ist noch immer nicht richtig hell, bis auf den Schneepflug ist kaum jemand auf den Straßen unterwegs. Da die Geschäfte nicht vor neun öffnen, brennt nur in wenigen Häusern zu dieser Zeit Licht. Ein schwerer BMW kämpft sich schlingernd die vereiste Steigung hinter mir hoch. Angesichts dieser Witterungsbedingungen kann ich die offensichtliche Vorliebe der Weisbeurer für Allradfahrzeuge sogar verstehen.

Einige Autos parken vor der Bäckerei, darunter auch ein Geländewagen mit Lackspuren an der vorderen Stoßstange. Ob es derjenige ist, der uns von der Straße gedrängt hat, kann ich nicht sagen. Je intensiver ich mich an den Abend zu erinnern versuche, desto unsicherer bin ich, ob das, was mein Gedächtnis ausspuckt, tatsächlich passiert ist.

Ich spähe durchs Schaufenster in die Bäckerei, doch ich kann unter den Kunden niemanden ausfindig machen, der mir in irgendeiner Weise verdächtig erscheint.

Nicht alle Bürgersteige sind vom Schnee befreit, an manchen Stellen kommt man nur schrittchenweise voran.

Ich weiß nicht genau warum, aber ich habe das Gefühl, dass mir jemand folgt. Der silberne BMW von vorhin rollt wenige Meter hinter mir beinahe lautlos über die Straße.

Ich beschleunige meinen Schritt, obwohl dadurch die Gefahr steigt, hinzufallen. Auch der BMW fährt jetzt schneller, vielleicht auch deshalb, weil andere Autos aufgeschlossen haben.

An der nächsten Straßenecke wende ich mich abrupt nach rechts und verfolge aus den Augenwinkeln heraus, dass auch der BMW abbiegt. Dieser Bürgersteig wurde heute schon geräumt, eine dünne Schicht Streusalz bedeckt die Steinplatten. Ich beginne zu rennen und brauche mich gar nicht umzudrehen, um zu wissen, dass der BMW das Tempo mithält.

Ich rempele einen Passanten an, der mir etwas nachruft. Ein anderer hat eine rote Lederleine quer über den Bürgersteig gespannt, aus einem Gebüsch am anderen Ende der Leine ragt ein Hundeschwanz hervor. Der Mann bemerkt mich erst spät. Ehe er noch beiseite treten kann, springe ich auch schon über die Leine.

Mitten in ihrer Laufbewegung rutschen meine Beine auf dem Salz seitlich weg und ich gehe ungebremst zu Boden. Während ich mich wieder hochrappele, suche ich die Straße nach dem BMW ab. Er ist nicht da.

Ich schaue an den geparkten Autos entlang, werfe einen Blick in die Einfahrten. Nichts. Offenbar ist er doch nicht abgebogen. Und demnach ist er mir auch nicht gefolgt.
Der Mann mit dem Hund schaut zu mir herüber. Ich signalisiere ihm, dass ich unverletzt geblieben bin, und er zieht kopfschüttelnd seinen Hund in die andere Richtung davon.
„So ein Unsinn!" Ich ärgere mich über mich selbst und gehe weiter. Ein dumpfer Schmerz an meiner Hüfte und meinem linken Ellbogen begleitet jeden meiner Schritte. Wie war das, ich leide nicht unter Verfolgungswahn? Doris' Verschwörungstheorien beginnen auf mich abzufärben. Es wird Zeit, dass ich von hier fortkomme.
Endlich finde ich ein Telefon. Der quietschrosafarbene Apparat hängt im Freien an einem Pfosten aus gebürstetem Edelstahl. Soll wohl schick sein, ruft in mir aber lediglich wehmütige Erinnerungen an die winddichten Münzfernsprecher meiner Jugend wach. Andererseits ist das in diesem Fall auch egal, denn dieses Telefon ist nicht nur von Schnee bedeckt, sondern auch noch kaputt.

Ich will eigentlich noch rasch zu Hause Bescheid geben, dass ich heute heimkomme, und meinen Bruder bitten, mich am Bahnhof abzuholen. Na ja, vielleicht ist es sogar besser, es später von einem anderen Telefon aus zu probieren, er ist Student und schläft womöglich noch.
Zwei der Autos von eben fahren in Richtung Klinik an mir vorbei, Krankenschwestern wahrscheinlich. Auch der Geländewagen vor der Bäckerei ist verschwunden, als ich daran vorbeikomme. An seinem Platz parkt ein silberner, schwerer BMW, und als ich erneut einen Blick durch das Schaufenster werfe, steht dort nur ein einziger Kunde vorm Tresen: Dr. Scholz, die unfreundliche Ärztin der Intensivstation.
Kann das Zufall sein? BMW sieht man nicht gerade selten auf der Straße, vermutlich fährt jeder Arzt aus der Klinik einen. Oder wurde ich womöglich doch verfolgt? Aber warum von Dr. Scholz?
Für einen Augenblick bin ich versucht, hineinzugehen und sie direkt mit dem Vorfall von eben zu konfrontieren. Aber was, wenn ich mich geirrt habe? Sie wird mich für vollkommen bescheuert halten.

Selbst wenn dies derselbe BMW sein sollte, so hatten wir wahrscheinlich bloß den gleichen Weg und ich bin ein bisschen paranoid.
Ich gehe wieder zur Pension zurück. Der Junge, der eben noch unter meinem Balkon Schnee geschaufelt hat und vermutlich ebenfalls auf den Namen Wallenstein hört, ist mittlerweile am Hauseingang angelangt und streut mit einer Handschippe großzügig Sand auf Treppe und Bürgersteig.
Im Hausflur begegne ich Frau Wallenstein und begleiche schon mal meine Rechnung. Sie hat uns erzählt, dass sie vormittags immer einkaufen geht, und ich möchte nicht riskieren, später überm Warten auf sie meinen Zug zu verpassen. Meine sandig-nassen Fußabdrücke im Hausflur bedenkt sie mit einem missbilligenden Blick, der mich dazu veranlasst, meine Schuhe unterhalb der Treppe zurückzulassen und auf Strümpfen zu meinem Zimmer hochzugehen.
Nach dem Frühstück verabschiede ich mich von Judiths Eltern und von Doris, die wieder das Krankenhaus ansteuern. Ich selbst habe Sara versprochen, mit ihr zur Polizei zu gehen, um die Vermisstenanzeige wegen Tim aufzugeben.

Unverdrossen versucht sie alle Stunde, ihn von dem Telefon im Flur aus zu erreichen, und auch die üblichen Bekannten hat sie bereits abgeklappert. Inzwischen mache ich mir wieder Sorgen um ihn. Was immer mit Tims Handy los sein mag, er sollte sich meiner Meinung nach längst irgendwo gemeldet haben.

49

Ein blässlich aussehender Beamter tippt die Anzeige in den Computer, während er uns standardisierte Fragen zur Person stellt. Er scheint genauso dröge wie der Diensthabende vom Sonntag zu sein, aber immerhin ist er in Sachen Technikwissen schon über die Schreibmaschine hinweg.

Nachdem Sara den Ausdruck unterschrieben hat, ist ihr deutlich wohler.

„Vielleicht kommt der Stein ja jetzt ins Rollen“, meint sie. Ich habe da meine Zweifel, halte aber den Mund.

Auf dem Rückweg zur Pension begegnen wir Frau Wallenstein. Sie scheint sehr in Eile zu sein und trägt mehrere Einkaufstüten in den Händen.

„Na, sind Sie auf dem Weg ins Krankenhaus?“, fragt sie uns.

Ich erkläre ihr, dass ich gleich den Zug nach Hause nehmen möchte und bislang vergeblich nach einem Taxi Ausschau gehalten habe, das mich nach Großgemünd fährt.
„Taxi?", meint sie fröhlich. „Aber es gibt hier überhaupt kein Taxi!"
„Vielleicht einen Bus?"
Sie schüttelt den Kopf. „Das Räumfahrzeug ist zwar angefordert, aber der Bus fährt frühestens heute Nachmittag wieder."
„Na toll", sage ich.
„Mein Mann kann Sie mitnehmen", schlägt sie vor, „er muss in die gleiche Richtung."
„Meine Sachen sind aber noch in der Pension", wende ich ein.
„Na, mein Mann ja auch."
Also nehme ich Frau Wallenstein die Einkaufstüten ab und folge ihr zur Pension. Ihren Ehemann haben wir bisher noch nie zu Gesicht bekommen. Muffelig reagiert er auf den Vorschlag seiner Frau, mich mitzunehmen, aber er fügt sich schließlich, nimmt seine Wagenschlüssel und bedeutet uns, ihm zu folgen. Natürlich steht - was sonst? - ein Geländewagen in seiner Garage.

„Sag mal, kommst du etwa mit?", frage ich Sara, die um das Auto herumgegangen ist und Anstalten macht, ebenfalls einzusteigen.
„Hast doch gehört, dass der Bus heute Nachmittag wieder fährt."
„Na und?"
Sie hievt sich auf den Rücksitz und schlägt die Tür zu. „Dann fährt heute Nachmittag auch einer *zurück*."
Dann lehnt sie sich mit einem *Na-also*-Ausdruck im Gesicht in die Polster zurück und meint: „Ich komme noch mit zum Bahnhof. Es wird Zeit, dass ich mal was anderes zu sehen kriege. Und ein paar Stunden kann ich in diesem Großgemünd bestimmt totschlagen."
Kaum, dass wir aus dem Städtchen heraus sind, wird die Gegend einsam und unwirtlich. Der Schnee fällt jetzt in dichtem Schleier vor uns nieder, Verwehungen bedecken große Teile der Hauptstraße, die mal durch dichten Wald, mal über flache Ebenen hinweg führt.
Beim Skilaufen habe ich sowohl die Landschaft als auch den vielen Schnee irgendwie als gemütlich empfunden, doch nun deprimieren mich beide.

Dazu trägt nicht zuletzt die Tatsache bei, dass Herr Wallenstein sich nicht die Mühe macht, auch nur ein einziges Wort mit uns zu wechseln.

50

Nach einer Weile ist von der Straße kaum noch etwas zu erkennen. Stattdessen folgen wir nun einer dichten Schneedecke, die sich zwischen den Fahrbahnbegrenzungen hindurch schlängelt.
Die Fahrt scheint ewig zu dauern, vielleicht auch, weil wir nicht allzu schnell vorankommen. Ein einziges Auto ist uns bislang begegnet, ansonsten wirkt die Landschaft still wie auf einem Gemälde.
Hinter einer langgezogenen Kurve gabelt sich die Straße. Wallenstein biegt ab und folgt nun einer schmaleren Fahrspur, die fast im rechten Winkel von der Hauptstraße abgeht.
Der Weg wird holpriger, doch die Federung des Geländewagens fängt alle Unebenheiten sanft ab. So macht das Ganze sogar ein bisschen Spaß.

Vor uns sind jetzt keinerlei Reifenspuren mehr zu sehen, kein Wunder bei den Streckenverhältnissen.

Die Straße fällt nun sanft ab, und wir durchfahren eine Talsenke, in der der Schnee stark verharscht ist.

„Mir ist aufgefallen, dass in dieser Gegend fast jeder einen Geländewagen fährt“, sage ich.

Herr Wallenstein wirft mir aus den Augenwinkeln heraus einen Blick zu.

„Hier kommt man im Winter anders nicht weiter“, knurrt er und lenkt das schwere Auto um eine irrsinnig scharfe Kurve herum und durch eine weitere Senke hindurch. Links ist dichter Nadelwald, rechts fließt ein halb zugefrorener Bach. Die Straße hat sich mittlerweile zu einem Waldweg verengt.

Der Weg führt nun wieder bergauf, und unser Tempo verlangsamt sich entsprechend. Hinter einer Anhöhe sind die Reste einer Langlaufloipe zu erkennen, die direkt neben der Fahrbahn verläuft. Sie muss schon lange nicht mehr gespurt worden sein, denn immer wieder wird sie von älteren Schneeverwehungen unterbrochen.

An einen Baum des angrenzenden Tannenwaldes ist in Kopfhöhe ein kleines, dreieckiges Schild genagelt, das allerdings derart verrostet ist, dass man im Vorbeifahren nicht mehr erkennen kann, wovor es einmal gewarnt hat.

51

Die Strecke zieht sich. Man könnte meinen, in der Ferne schon die Ausläufer des Urals zu sehen.
„Wie weit ist es eigentlich noch?“, fragt Sara. „Ich hab das Gefühl, wir sind schon seit Stunden unterwegs.“
Wallenstein zeigt nach vorne. „Wir müssen jetzt eigentlich nur noch über den Hügel da.“
Hinter einer weiteren Kuppe ist Schluss. Ein Baumstamm liegt quer über der Straße. Seitlich ragt er weit über sie hinaus, der Wipfel hängt schlaff in Richtung Tal.
Wallenstein steigt auf die Bremsen, schlitternd kommen wir zum Stehen und steigen aus. Die Luft ist schneidend kalt, man kann nur in kleinen Zügen atmen.
Wir besehen uns den Baum. Der Stamm ist ziemlich morsch, durch und durch zerfressen.

Wir versuchen, ihn anzuheben, doch es bleibt bei dem Versuch. Genauso gut könnten wir probieren, gleich das Auto über ihn hinweg zu tragen. Sara steht am Straßenrand und sieht ins Tal hinunter.
„Hat keinen Wert“, ächzt Wallenstein. Er lässt von dem Baum ab und richtet sich auf. „Wir müssen zurück und über die Felder fahren.“
„Wie weit ist es denn noch?“, fragt Sara. „Können wir nicht von hier aus laufen?“
Er schüttelt den Kopf.
„Ist noch zu weit. Erst müssen wir über den Fluss, das sind noch gut zwei Kilometer.“
Wir steigen also wieder ein. Es gibt keinerlei Möglichkeit zum Wenden, also setzt Wallenstein den Wagen vorsichtig Meter für Meter im Rückwärtsgang zurück. Sara kauert in der Ecke, um die Sicht nach hinten nicht zu versperren.
„Lange kein Abenteuer mehr erlebt“, seufzt sie.
Wir holpern die Böschung hinunter. Das Talbett setzt sich aus hartgefrorenen Feldern zusammen, und der schwere Wagen schaukelt sich auf, als wir darüber hinweg fahren. Weiter oben ist die Straße mit dem überhängenden Baum zu erkennen.

Es schneit in dicken Flocken. Der Himmel hat wieder die schmutziggrauen Gardinen zugezogen, und der Wald um uns herum wird dichter. Wallenstein steuert das Auto wie ein Navigator auf hoher See auf ein unsichtbares Ziel zu, das nur er zu kennen scheint.

Seitlich glaube ich in weiter Ferne den Feldberg zu erkennen, in dessen Schatten wir nach dem Skilaufen einmal zusammen saßen. Das war vor gerade mal ein paar Tagen, aber gleichzeitig scheint alles ewig her zu sein. Mir ist, als sei in der Zwischenzeit mein ganzes Leben an mir vorbeigerast.

Ich versuche mich zu erinnern, an welchem Wochentag wir alle zusammen da oben gesessen haben. Das Einzige, was mir mein Gedächtnis noch zuspielt, sind Fragmente und Momentaufnahmen.

Da ist Armins Erstversuch, eine ungespurte Loipe zu befahren, und der anschließende Abend, den wir damit zugebracht hatten, auf die Anzahl seiner blauen Flecke zu wetten.

Da ist das Geräusch, das die Skier im nassen Schnee machten. Judiths Lachen über meinen Versuch, ihr einen Witz zu erzählen, den ich am

Nachbartisch aufgeschnappt hatte und dessen Pointe mir erst heute früh beim Aufstehen wieder eingefallen ist.
Da ist Tim, der zu viel trank und den wir zu dritt in sein Zimmer zurückbrachten. Und da ist Sara, die uns beim Kartenspielen abzockte und dabei ebenfalls öfter vom Rum nachschenkte, als ihr gut tun konnte.
All das war vor wenigen Tagen noch normal gewesen für mich. Für uns. Jetzt kommt es mir vor wie die fernen Erinnerungen eines Menschen, der die Tagebücher seiner Jugend durchblättert und irgendwem daraus vorliest. Inzwischen hat eine fremde Ordnung unser Leben in Besitz genommen.

52

Ein Fluss schlängelt sich von rechts auf uns zu. Er scheint uns den Weg abschneiden zu wollen, schlägt jedoch im letzten Moment einen Haken und fließt dann parallel neben uns her.

Draußen läuft alles in Zeitlupe ab, die Wolken scheinen seit Stunden an der gleichen Stelle des Himmels festzukleben wie auf einer billigen Kulisse.

Sara tippt hin und wieder auf ihrem Handy herum und schüttelt den Kopf.

„Versteh ich nicht."

„Keiner zu Hause?", frage ich.

Statt zu antworten hält sie mir das lilafarbene Handy ans Ohr.

„Immer noch kein Empfang? Du solltest das Ding mal untersuchen lassen, wenn du wieder zu Hause bist."

„Das ist krachneu", sagt sie.

„Ist es nass geworden?"
„Nass?"
„Ja. Überleg mal, ist es vielleicht ins Waschbecken gefallen? Oder in den Schnee?"
Sie bedenkt mich mit einem langen, tadelnden Blick.
„Erstens ist es mir nirgends hingefallen, und zweitens müsste dann ja das ganze Display streiken. Aber bis auf den Empfang ist alles okay."
„Hast du damit in jüngster Zeit mal jemand anderen als Tim angerufen? Beziehungsweise jemanden erreicht?"
„Vorgestern hab ich mit Tims Eltern telefoniert. Aber seitdem komme ich nicht mehr durch." Sie versucht es ein letztes Mal und steckt das Handy dann ein.
Wallenstein sagt kein Wort. Er scheint jetzt die Stelle gefunden zu haben, nach der er Ausschau gehalten hat, und lenkt den Jeep auf den Fluss zu.
„Sind Sie sicher, dass wir da durchkommen?", frage ich zweifelnd.
Der Mann bleibt stumm, konzentriert hält er das Lenkrad in beiden Händen. Schon sind die

Vorderreifen im Wasser, Zentimeter für Zentimeter folgt ihnen der Rest.

„Noch mehr Abenteuer", höre ich Saras Stimme hinter mir, „na, wenn mein Handy am Ende doch noch nass wird, ist es wenigstens nicht meine Schuld."

Das Wasser ist sehr klar, man kann bis auf den Grund sehen. Offenbar ist dies die flachste Stelle weit und breit, immerhin versinken die großen Räder aber noch bis zur Hälfte darin. Unter uns hört man das Wasser durchrauschen, das in bedrohlich breiter Bahn auf das Auto zuschießt. Langsam, aber stetig bahnt sich der Geländewagen einen Weg durch das Kiesbett.

Die dahinter liegende Böschung hinauf gibt Herr Wallenstein mächtig Gas, und mit einem kleinen Sprung landen wir auf der anderen Seite. Ich werfe einen Blick auf die Digitaluhr im Armaturenbrett. Wenn ich richtig liege, was unsere Abfahrtszeit betrifft, sind wir bereits seit einer halben Stunde unterwegs zu dem Nachbarort. Ich halte Ausschau nach den Überlandleitungen der Bahn, aber es ist noch nichts davon zu sehen.

„Gleich da vorne ist es", sagt Wallenstein.

Ich fixiere die Stelle, auf die er zeigt, während wir über eine Ebene fahren, die anscheinend wieder aus verschneiten Feldern besteht.

Tatsächlich kann ich vor uns den Umriss eines großen Gebäudes erkennen. Als wir noch gut hundert Meter davon entfernt sind, stoppt der Mann den Wagen. Eine halbhohe Mauer versperrt uns den Weg.

„Von hier aus müssen Sie zu Fuß gehen. Das da vorne ist schon der Bahnhof, aber bis ich das Gelände umfahren habe, sind Sie längst da."

„Kein Problem, das werde ich gerade noch schaffen", sage ich und gebe ihm die Hand. „Vielen Dank fürs Bringen. Die Fahrt war ein Erlebnis."

„Gute Heimreise."

Zum ersten Mal sehe ich ihn lächeln, was mich ziemlich verwirrt. Offen gestanden, hätte ich ihm einen solchen Gefühlsausbruch nicht zugetraut.

Ich packe meinen Rucksack und steige aus. Der Schnee liegt knöcheltief. Auch Sara klettert aus dem Geländewagen.

„Willst du nicht lieber weiterfahren?", frage ich. „Die Busse verkehren bei diesen Straßenverhält-

nissen sicher gar nicht mehr, und es kann ne Weile dauern, bis der Baum da oben weggeräumt ist."
Sie überlegt kurz, bespricht sich an der Fahrertür mit Wallenstein und kommt wieder zu mir zurück.
„Hast Recht, er meint das auch."
Wir verabschieden uns voneinander und vereinbaren, abends zu telefonieren. Auf Saras Handy können wir dabei zwar nicht bauen, aber zum Glück gibt's ja das Wallenstein'sche Flurtelefon.

53

Sara winkt mir vom Beifahrersitz aus, während Wallenstein dreht. Ich schaue ihnen hinterher, wie sie über die Felder davonfahren, und gehe dann ein Stück weit die Mauer entlang, bis ich an einer Pforte angelange.

Sie ist mit einem schweren Schloss versehen, hängt aber nur noch lose in einer Angel. Es ist leicht, sie auszuhebeln und beiseite zu schieben. Dahinter liegt eine Art verwilderter Gemüsegarten, durch den sich eine frische Hundepfotenspur zieht. Ich durchquere ihn und stoße auf ein niedriges Zäunchen, das ihn zum Bahnhof hin begrenzt.

In dessen Hinterhof sind rostige Ölfässer gestapelt. Außerdem lagern hier Mülltonnen, Autobatterien, Plastiksäcke voller Styropor, ein Kühlschrank und irgendwelche undefinierbaren Maschinenteile.

Die Trostlosigkeit der Rückfront setzt sich fort, als ich den Bahnhof umrunde. Über den Bahnsteig fegt der Wind hinweg, und in der hohen Decke über den Gleisen gibt ein Loch den Blick auf den tristen Winterhimmel frei. Schnee rieselt hindurch und bestäubt den darunter gelegenen Teil des Bahnsteigs.

Nur zwei Schienenstränge verlaufen durch den Bahnhof hindurch, viele Züge gehen also sicherlich nicht von hier ab. Auf dem Bahnsteig selbst ist kein Mensch zu sehen. Ich stoße die Flügeltüren auf und betrete die Bahnhofshalle.

Der Fahrkartenschalter ist unbesetzt, die Bahnhofsuhr steht auf halb zehn. Und an der Wand klebt ein eingerissenes Werbeplakat für *Aurora,* unter einer altmodischen Grafik steht in Schreibschrift *mit dem Sonnenstern.* Ich kenne dieses Motiv, ein Freund von mir trägt so eins als Jux-Aufdruck auf seinem T-Shirt. Irgendwie liebenswert, dass man das Plakat hat hängen lassen.

Für eine Sekunde geht mir durch den Kopf, dass vielleicht Mittagspause sein könnte. Doch inzwischen ist es schon drei Uhr durch, und mein Zug müsste in wenigen Minuten eintref-

fen. Wenn die Deutsche Bahn in dieser Gegend nicht die Siesta als Pilotprojekt eingeführt hat, sollte eigentlich bald wieder jemand erscheinen. Immerhin, bei der Größe des Bahnhofs ist es durchaus denkbar, dass der Bahnhofswärter ganz alleine seinen Dienst verrichtet und nur mal eben aufs Klo entschwunden ist.
Neben dem *Aurora*-Plakat hängen vergilbte Fahrpläne. Ich stelle meinen Rucksack auf den Boden und gehe hinüber, um mich wegen der Abfahrtszeiten zu vergewissern. Keine einzige davon stimmt mit denen auf dem Prospekt von Schwester Fiorellino überein, den ich wieder in meine Jackentasche zurückstecke. Dann entdecke ich das Datum des Fahrplans an der Wand: 19. Februar 1980.
„An denen scheint die Bahnreform vorbeigegangen zu sein“, sage ich zu mir selbst.
Der Bahnhof ist mir nicht geheuer. Meine Schritte in der Halle hören sich unnatürlich laut an, und noch immer ist kein Bahnmensch in Sicht.
„Hallo?“, rufe ich.
Nichts.
„HAAALLOOO?“

Seltsam. Ich spähe durch das Fenster des Fahrkartenschalters, kann aber wenig erkennen. Mich würde interessieren, was sich hinter der Tür zum Schalterraum befindet, doch sie ist verschlossen.
Auch auf mein Klopfen hin öffnet mir niemand. Na toll. Und wo kaufe ich mir jetzt meine Fahrkarte? Ein Automat scheint nicht zu existieren, das werte ich als Zeichen dafür, dass hier noch echte Menschen arbeiten. Theoretisch zumindest.
Ich nehme meinen Rucksack auf und gehe wieder nach draußen. Womöglich gehört dieser Bahnhof zum Weltkulturerbe und es gibt hier um die Ecke

noch einen zweiten. Also folge ich den Schienen in gebührendem Abstand, achte dabei aber immer auf Geräusche. Schließlich will ich den Zug nicht verpassen, wenn er denn endlich kommt.
Nach wenigen hundert Metern endet zu meiner Überraschung eines der Gleise, ein Prellbock begrenzt es zur Bahnhofsseite hin. Neugierig geworden, laufe ich weiter. Das übrig gebliebene Gleis führt vorbei an brachliegenden Feldern,

durch ein Wäldchen hindurch und eine sanfte Anhöhe hinauf.

Dann scheint es ebenfalls zu enden, mit dem Fuß scharre ich den Schnee beiseite. Tatsächlich, die Gleise sind säuberlich abgetrennt und bereits stark verrostet.

54

Es schneit munter weiter, während ich zurückgehe. Ein Sackbahnhof. Schön, dann also in die andere Richtung.

Ich beginne, die Schienen entlang zu joggen, um mich etwas aufzuwärmen. Blöderweise habe ich meine Handschuhe in der Pension vergessen, ich könnte sie gut gebrauchen. Deutlich sehe ich sie vor mir, wie sie noch immer zum Trocknen über dem Heizkörper im Bad hängen.

Ich vergrabe meine Hände in den Hosentaschen und mache am Bahnhof kurz Halt, um Luft zu holen. Inzwischen bin ich mir ziemlich sicher, dass von hier aus keine Züge mehr abfahren. Ich laufe weiter an den Schienen lang, doch ich komme nicht weit. Hinter einer Linkskurve hören die Gleise der ersten Spur einfach auf. Der Schnee, der sie bedeckt, fällt in einer kleinen Stufe zu dem Schotter ab, auf dem sie einmal

verlegt worden sind und der an manchen Stellen durch den Schnee hindurch zu sehen ist.
Bleibt noch eine Möglichkeit. Es geht durch ein Waldstück und auf einen Berg zu, durch den man einen Tunnel getrieben hat. Einen Fußweg scheint es nicht zu geben, die Hänge rechts und links sind von Gestrüpp überwuchert.
Der Eisenbahntunnel ist nur schwach beleuchtet und sehr eng, die Gleise verlaufen direkt an den Felswänden entlang. Ich betrete den Tunnel und halte mich links, dort, wo sich der andere Schienstrang früher wohl einmal befunden hat. Es riecht nach Schmierfett, Dieselöl und vermodertem Holz.
Ein paar funzelige Leuchten geben die Richtung vor, im Schnitt brennt nur jede zweite. Aber das macht nichts, denn ihr Licht reicht ohnehin kaum bis zum Boden. Kalt tropft es von der Decke auf meinen Kopf, und ich kann nicht erkennen, wohin ich trete.
Ich drehe mich um. Der Eingang des Tunnels ist schon nicht mehr zu sehen, die Lichter verschwinden hinter einer Kurve. Wieder macht sich ein mulmiges Gefühl in meinem Bauch bemerkbar, und ich glaube meinen Herzschlag

zu hören. Ich mag keine Tunnel, schon gar nicht, wenn vor mir jede Sekunde ein Zug auftauchen kann.

Je weiter ich vorankomme, desto weniger Lampen sind noch intakt. So stelle ich mir den Abstieg zur Hölle vor. Ich stolpere über irgendwas und falle hin, rappele mich aber sofort wieder auf und stoße mir die Schulter an der Wand.

Luftholen. *Jetzt* kann ich definitiv meinen Herzschlag hören. Ein brennender Schmerz schießt durch meine Hand.

Noch mehr kaputte Lampen. Mein Bauchweh nimmt zu, ich erwäge umzukehren. Bestimmt gibt es einen Weg um den Berg herum, ich muss bescheuert sein, durch diesen Tunnel zu stiefeln. Das hier kann Wallenstein doch unmöglich gemeint haben, als er meinte, der Bahnhof sei *gleich da vorne*.

Mein Zeitgefühl ist mir erneut abhanden gekommen, ich scheine seit Stunden hier umherzuirren. Irgendwo vor mir muss ein Riss in der Decke sein, ich folge statt der Lichter dem Plätschern des Wassers und taste mich weiterhin an der Wand entlang.

Das Ende des Tunnels, Gott sei Dank. Ich laufe die letzten Meter, bis ich wieder im Freien stehe. Meine Klamotten sind schmutzig, und meine Hand blutet. Ich reibe sie mit Schnee ab und besehe sie mir genau, sie ist bloß aufgeschrammt.
Es hört allmählich auf zu schneien. Der eisige Wind, der mir entgegenweht, wirbelt die letzten Schneeflocken davon, ehe sie den Boden berühren. Ich stelle meinen Jackenkragen auf, halte ihn mir mit einer Hand vors Gesicht und habe dabei das Gefühl, sie friere auf der Stelle ein.
Wenige Kurven später ist auch der letzte Schienenstrang am Ende angelangt. Vor dem Prellbock, der die Gleise zu dieser Seite hin begrenzt, steht eine riesige Diesellok, die man offenbar aufgegeben hat und die irgendwie bedrohlich auf mich wirkt. Der Wind, der über den Hügel fegt, hat entlang ihrer rechten Flanke eine riesige Schneewehe errichtet.
Bizarrer aber ist, dass dieses Monstrum *neben* den Gleisen steht, als habe ein Kind mit seiner Eisenbahn gespielt und vergessen, die Lok wieder auf die Schienen zu setzen. Ich umrunde

sie und steige schließlich die mit Eis überzogenen Stufen zum Führerhaus hinauf. Alle Fenster sind eingeworfen, die Uhren, Hebel und Schalter demontiert oder von Graffiti überzogen. *Fickenrain* zum Beispiel. Da ist es wieder. Scheint in der Gegend ein geflügeltes Wort zu sein.

Der Rest der Gleisanlagen ist nicht mehr vorhanden, und wenn ich von dem Unkraut ausgehe, das die Strecke überwuchert, wurden sie schon vor etlichen Jahren demontiert. Missmutig trete ich den Rückweg an und werfe über die Schulter hinweg einen letzten Blick auf die geisterhafte Lok, um sicherzugehen, dass sie mir nicht folgt.

55

Nun, da ich weiß, dass definitiv kein Zug fährt, macht mir der Tunnel keine Angst mehr und erscheint mir wesentlich kürzer als auf dem Hinweg.

Dafür rücken die Bäume entlang der Schienenstränge näher zusammen. Wie damals bei der Suche nach Tim empfinde ich dabei so etwas wie Klaustrophobie. *Einbildung, Thorsten, das ist nur Einbildung.*

Am Bahnhof angekommen, entschließe ich mich, den zugehörigen Ort zu suchen, denn dem Prospekt der Krankenschwester nach müsste es dort einen Gasthof geben, von dem aus ich telefonieren kann.

Großgemünd liegt nicht weit hinter dem anderen Ende der Strecke und besteht im Wesentlichen aus einer alten Fabrik und einigen Schlafhäusern für Arbeiter. Sie sind allesamt baufällig, weshalb ich gar nicht erst versuche, sie zu betreten. Keine Spur von Leben, wenn man von diversen Hundehaufen absieht, die der Schnee in gut getarnte Tretminen verwandelt hat.

Einige der Häuser sind zum Teil abgetragen worden, offensichtlich hat sich hier jemand günstig mit Klinkersteinen eingedeckt. Allerdings erkenne ich die Fassaden wieder, man hat sie wohl vor langer Zeit für den besagten Werbeprospekt von Großgemünd fotografiert. Die Fabrik selbst ist mit dicken Stahlketten verschlossen. Durch die eingeworfenen Fenster kann ich sehen, dass das Innere meterhoch mit Schutt zuliegt und total zugeschneit ist. *Gebr. Hoff GmbH, Fabrik für Seifen*, steht auf dem Schild über dem Hauptportal. Seifen. Genau das, was man in einer gottverlassenen Gegend so braucht.

Auch das Gasthaus finde ich, es steht schräg gegenüber der Fabrik und scheint sogar noch weitgehend unbeschädigt zu sein. Allerdings sind alle Rollläden heruntergelassen, und die abmontierte Leuchtreklame der Brauerei rostet im Hauseingang vor sich hin.

Trotzdem hämmere ich gegen die Tür, umrunde das Gebäude und klopfe auch gegen sämtliche Läden. Natürlich erfolglos, aber probieren kann ich es ja wenigstens mal.
Ich sehe es ein, mir bleibt wohl nichts anderes übrig, als die ganze Strecke, die wir mit dem Geländewagen hergefahren sind, wieder zurückzulaufen. Die Entfernung ist schwer zu schätzen, aber ich rechne lieber gar nicht erst aus, wie lange ich brauchen werde.
Es ist Viertel nach vier, in spätestens zwei Stunden wird es stockdunkel sein. Ich kann bloß darauf hoffen, dann noch mit Hilfe des Mondlicht reflektierenden Schnees den Weg durch den Wald wiederzufinden.
Die Reifenspuren sind noch zu erkennen. Ich folge ihnen über die zugefrorenen Felder zunächst in Richtung Fluss und schlage mich dann seitlich zu dem Teil der Straße durch, den wir aufgrund des umgestürzten Baumes nicht hatten passieren können.
Sie überquert den Fluss wenig später, auf der schmalen Brücke verschnaufe ich einen Moment. In meiner Jackentasche spüre ich den Prospekt von Schwester Fiorellino, ich ziehe ihn

heraus und werfe ihn hinunter in kristallklares Wasser.
Wenige Minuten später erreiche ich den Baumstamm. Der lange Rückweg gibt mir Gelegenheit, über einige der tausend Fragen nachzudenken, die mir durch den Kopf gehen. Ich bin mir nicht wirklich sicher, ob ich tatsächlich in den Ort zurückkehren möchte, in dem ich vor vier Stunden aufgebrochen bin.
Was hat sich die Krankenschwester dabei gedacht, mir einen uralten Prospekt mitzugeben? Handelt es sich hierbei um einen Irrtum, einen dummen Scherz oder um Absicht? Aber warum?
Was mich besonders beunruhigt, ist die Tatsache, dass Frau Wallenstein es offenbar ganz normal fand, von diesem Bahnhof aus abzureisen, und ihr Mann mich sogar hinbrachte. In welchem Zusammenhang stehen die Wallensteins zu Xenia Fiorellino?
Ich kann mir darauf keinen Reim machen, im Gegenteil: Meine gedanklichen Erklärungsversuche werfen immer neue Fragen auf. So gehe ich, während ich den Reifenspuren auf dem Waldweg folge, zum hundertsten Male die

Einzelheiten des Unfalls durch, der meiner Ansicht nach nie stattgefunden und der doch unser Leben schlagartig verändert hat.

An den Bach und die Kurve kann ich mich erinnern. Ich hege die Hoffnung, dass ich mir auch den Rest des Weges gut genug eingeprägt habe, um zurückzufinden. Verlaufen will ich mich nicht auch noch. Saras Mobiltelefon käme mir jetzt sehr gelegen - wenn es denn funktionieren würde.

Ich komme an der Stelle mit dem dreieckigen Schild vorbei. *Tollwutgefährdeter Bezirk* steht darauf. Na toll. Unwillkürlich schaue ich mich um. Niemand ist zu sehen.

Die Hundespuren kommen mir in den Sinn. Es gibt keinen Ort mehr und auch keine Menschen, wieso also gibt es hier eigentlich Hunde? Ist vielleicht ein Hof in der Nähe? Und wenn das gar keine Hunde sind? *Ruhig, Thorsten. Tief durchatmen. Das hier ist nicht Alaska.*

„Quatsch!", sage ich deshalb zu dem Schild. Falls es in diesem Wald tollwütige Tiere geben sollte, hätten sie mich genauso gut auch auf dem gottverlassenen Bahnsteig anfallen können. So gesehen kann ich also ganz beruhigt sein.

56

Es wird schon dunkel, als ich endlich auf die Hauptstraße stoße. Jetzt kann es nicht mehr weit sein, eine gute Stunde vielleicht noch oder anderthalb.

Den Schneewällen nach zu urteilen, die sich rechts und links türmen, ist der Pflug inzwischen auf dieser Strecke eingesetzt worden. Die Fahrbahndecke ist einigermaßen geräumt, dafür aber sehr rutschig.

Ein Auto kommt mir entgegen. Ich winke und versuche, es anzuhalten, doch die Frau hinter dem Steuer hupt bloß und rauscht an mir vorbei.

Ungläubig sehe ich ihr hinterher, bis die Rückleuchten hinter einer Kurve verschwinden. Schön, dann setze ich meinen Weg eben zu Fuß fort, ich wollte ja ohnehin in die andere Richtung.

Über mir breitet sich ein tintenschwarzer Nachthimmel aus, an dem nicht ein einziger Stern funkelt. Nur der fast volle Mond ist da und verbreitet trotz dicker Wolkenschichten ein fahles Licht, das immerhin ausreicht, um die Strecke ein Stück weit überblicken zu können.
Hin und wieder denke ich an die Hundespuren und das Tollwutschild, aber jetzt, wo ich die Straße erreicht habe, fühle ich mich sicherer. Unter meinen Sohlen knirscht der festgestampfte Schnee. Eine ganze Zeitlang höre ich nur dieses Geräusch, und wenn ich nicht schon einen Fußmarsch von fünfzehn Kilometern hinter mir hätte, könnte ich dieser Zauberlandschaft durchaus etwas abgewinnen.
Ich bleibe stehen und lausche. Von irgendwo hinter mir nähert sich ein Auto. Jetzt kann ich Lichter ausmachen, die über die bucklige Straße auf mich zukommen. Sicherheitshalber halte ich mich dicht am Fahrbahnrand und winke erneut. Diesmal habe ich Glück, der Fahrer hält an.
„Sie haben sich ja ein frostiges Wetter für Ihren Spaziergang rausgesucht", meint er und schaut verwundert die Straße entlang.
Ich weiß nicht, was ich dazu sagen soll.

„Wo kommen Sie denn überhaupt her?“
„Aus Großgemünd.“
„Nie gehört.“
„Das wundert mich nicht“, antworte ich. „Können Sie mich bis Weisbeuren mitnehmen?“
„Liegt auf meinem Weg. Steigen Sie ein.“
Ich umrunde die Motorhaube und setze mich neben ihn. In dem geheizten Wagen merke ich erst, wie durchgefroren ich bin. Der Mann fährt los und schaltet das Heizungsgebläse an.
„Sie zittern ja richtig. Seit wann sind Sie denn schon unterwegs?“
Ich schaue auf meine Uhr. Sie weist im Glas einen Riss auf und ist um kurz vor sieben stehen geblieben. Wahrscheinlich ist sie bei meinem Sturz im Tunnel kaputt gegangen, allerdings muss das bereits gegen fünf gewesen sein. Seltsam.
„Zwei Stunden, schätze ich.“
„Zu Fuß?“
„Ja.“
Ich erwäge, ihm von Wallenstein und dem Bahnhof zu erzählen, lasse es aber bleiben. Unauffällig taste ich den Sitz unter meinem

Hintern ab, weil ich das unangenehme Gefühl nicht loswerde, in die Hose gemacht zu haben.
„Sitzheizung", bemerkt der Mann neben mir knapp und tippt auf ein Schildchen am Armaturenbrett. *Volvo* steht da.
Eine Weile schweigen wir uns an, während das Licht der Scheinwerfer über die weiße Fahrbahndecke tastet. Draußen rutscht die Nachtlandschaft vorbei, ich weiß jetzt, dass sie kein Geräusch macht. Ich bin sehr müde und schließe für eine Sekunde die Augen.
„Hatten Sie eine Panne?", fragt der Mann neben mir plötzlich.
Es kostet mich Mühe, meine Augen wieder zu öffnen. Bin ich etwa eingeschlafen? Ich reibe mir die Augen und richte mich in dem Sitz auf.
„Ja", sage ich, „am Samstag."
Er sieht kurz zu mir herüber, und mir wird bewusst, wie seltsam das für einen Außenstehenden klingen muss. Was soll's, denke ich und erzähle ihm von meinem Wochenende und den Ereignissen der letzten Tage.
„Und Wallenstein hat Sie einfach so in dieser Einöde abgesetzt?", fragt er schließlich, als ich am Ende meiner Schilderungen angelangt bin.

Ich bin plötzlich hellwach. „Kennen Sie ihn?"
Der Mann schüttelt den Kopf.
„Nur seine Frau. Sie kauft manchmal bei mir ein."
„Aha."
Es wäre vermutlich naheliegend, auf diese Bemerkung einzugehen, aber eigentlich interessiert mich nicht besonders, welche Art von Geschäft er betreibt.

57

Ein Auto kommt uns entgegen. Die Umrisse lassen auf einen Liefer- oder Geländewagen schließen, ich habe ein ungutes Gefühl. Die Scheinwerfer blenden meinen Fahrer, und er steuert das Auto näher an den Fahrbahnrand heran.

„Achtung!", schreie ich und will ins Steuer greifen, doch sein Ellbogen stößt mich zurück. Dann ist der andere Wagen vorbei, und der Mann wirft mir einen Seitenblick zu. Ich winke ab, keiner von uns verliert ein Wort über die Sache.

Mir fallen erneut die Augen zu, ich bin fix und fertig. Den Kopf an die Seitenscheibe gelehnt, gönne ich mir eine kleine Auszeit.

Meine Nerven sind überreizt von den Ereignissen der letzten Tage, ich habe das Gefühl, zu keinem klaren Gedanken mehr fähig zu sein.

Wenn wir ankommen, suche ich als Erstes Sara und bespreche mich mit ihr. Dann wird sicher einiges klarer werden.
Sara! Ruckartig fahre ich auf dem Beifahrersitz auf. Ich Idiot bin die ganze Zeit davon ausgegangen, sie in der Pension anzutreffen, dabei ist sie mit Wallenstein unterwegs. Oder auch schon nicht mehr.
„Alles in Ordnung?“, fragt der Mann neben mir besorgt.
„Haben Sie ein Handy?“
„Ja, aber wir sind gleich da.“
„Es ist dringend.“
Er greift in die Innentasche seiner Jacke, während er mit der anderen Hand das Lenkrad hält, und reicht mir das Telefon.
„Danke“, sage ich und wähle Saras Nummer, die ich glücklicherweise zu Beginn dieses Urlaubs notiert habe. Ein Freizeichen, Gott sei Dank. Nachdem wir über Tage kein Netz bekommen konnten, erscheint mir schon dieser kleine Ton wie ein Wunder.
Geh ran, geh ran, geh ran, denke ich. Dann knackt es, und die Leitung ist tot. Ich habe keine Ahnung, wo der Knopf für die Wahlwiederho-

lung ist, und tippe stattdessen Saras Nummer erneut ein.

Diesmal bleibt das Handy stumm. Ich reiche es an den Fahrer zurück.

„Und? Funkloch?“

„Ja“, antworte ich resigniert.

„Das wundert mich nicht. In dieser Ecke sind die Sendestationen ziemlich dünn gesät.“

„Na toll.“

Die Landschaft sieht seit einigen Kilometern so gleichförmig aus, als ob wir im Kreis fahren. Mir kommt plötzlich der Gedanke, dass wir das vielleicht wirklich tun, mittlerweile halte ich alles für möglich.

„Wie lange brauchen wir noch bis Weisbeuren?“

„Nur ein paar Minuten.“

„Wirklich?“

Ich taste nach dem Schloss meines Anschnallgurtes. Nach den Erlebnissen dieses Tages sollte ich Fremden gegenüber auf der Hut sein.

Der Mann lächelt.

„Sie können mir ruhig vertrauen. Ich fahre Sie bestimmt nicht zu einem verlassenen Bahnhof oder so. Sehen Sie, da vorne sind schon die ersten Häuser.“

In der Tat, wir kommen an einem Gehöft vorbei, in dessen Fenstern Licht brennt. Ich entspanne mich ein wenig.

„Ist eine öde Gegend“, sagt er. „Ich muss beruflich herkommen, ansonsten würde ich hier freiwillig nicht mal überm Zaun hängen.“

Spätestens jetzt wäre die Gelegenheit, mal nachzuhaken, welchem Beruf er nachgeht. Vielleicht wartet er ja nur darauf, aber ich bin todmüde, und es interessiert mich wirklich nicht besonders. Erst nach und nach sickert die Erkenntnis in mein Bewusstsein, dass ich den Spruch mit dem Zaun kenne. Hat er das wirklich gesagt? Ich kann keinen klaren Gedanken mehr fassen.

„Wo soll ich Sie absetzen?“, fragt der Mann. „Vor der Polizei? Sie möchten bestimmt Anzeige erstatten, oder?“

„Bei der -“ *Pension*, will ich sagen, doch mitten im Satz bemerke ich, wie der Mann hektisch am Lenkrad kurbelt, während sich der Volvo quer stellt und wir in eine Kurve driften. Durch mein Seitenfenster sehe ich Eis auf der Fahrbahn. Und einen Baum, der auf mich zu rast.

58

Orange. Es ist ein sehr, sehr angenehmes, weiches und warmes Orange. Ich weiß nicht, wo dieses Licht herkommt und was die Schatten auf der Wand zu bedeuten haben. Wobei ... Es scheint gar keine Wand zu sein, eher ein Raum. Und er hat keine Ecken.

Ich kann mich nicht bewegen, aber ich höre Geräusche. Eines davon klingt wie eine Luftpumpe, ein anderes wie das Echolot aus *Das Boot.*

Gemurmel ist auch da. Ich versuche, mich darauf zu konzentrieren, aber es gelingt mir nicht. Meine Augendeckel sind aus Beton.

Verschwommen tauchen Bilder vor meinem inneren Auge auf, Erinnerungsfetzen. Ein verlassener Bahnhof. Wallenstein. Ein Mann, der mich mitnimmt. Eis auf der Straße. Ein Baum.

Richtig, wir hatten einen Unfall. Schon wieder. Für diese Gedankenkette benötige ich Stunden, jedenfalls erscheint es mir so.
Das Gemurmel wird lauter, deutlich kann ich zwei Stimmen voneinander unterscheiden, die mir bekannt vorkommen.
Wieder versuche ich, meine Augen zu öffnen, doch ich habe keine Chance. Also richte ich stattdessen meine ganze Konzentration auf die Stimmen.
„Hallo, Armin“, sagt die erste tonlos.
Das ist Sara, Gott sei Dank. Sie ist noch da, nicht ausgesetzt, nicht tot. Sie ist bei mir. Es wird alles gut.
„Ist das gruselig hier.“
Auch die zweite Stimme ist mir vertraut. Nur woher? In Gedanken scanne ich die Gesichter all meiner Bekannten, das passende ist nicht dabei.
„Meinst du, er kann uns hören?“
Das ist wieder Sara. Moment mal, hat sie eben „Hallo, *Armin*“ gesagt? Aber die andere Stimme ist nicht die von Armin. Was geht hier vor?
Mit einem Mal schießen weitere Bilder durch mein Hirn, Bilder von der Intensivstation eines

Krankenhauses, Bilder von Sara und mir, und ich habe ein Déjà-vu-Erlebnis.

„Weiß nicht“, sagt die zweite Stimme. *Tims* Stimme. Aber er klingt zugleich irgendwie fremd, und er spricht *meine* Worte aus.

Ein Schrei entringt sich meiner Kehle. Ich reiße an den Gurten, die mich ans Bett fesseln, schlage um mich und mobilisiere alle Kräfte, um aufstehen zu können.

Wir müssen hier raus, Sara, Tim und ich, raus aus diesem Zimmer, dem Krankenhaus, aus der Stadt.

„Hat er sich grad bewegt?“

„Bewegt?“

„Ich dachte, seine Augenlider hätten sich bewegt.“

„Renn, Sara! Renn!“, schreie ich.

„Ich glaub, ich hab Halluzinationen“, höre ich sie sagen.

Mein ganzer Körper fühlt sich gelähmt an, ich kann nicht einmal die Fingerspitzen bewegen. Doch ich spüre, wie sich eine Hand um die meinige legt.

Ich sammele alle Kräfte und bündele sie in meinen Fingern, versuche zuzudrücken.

Nichts passiert. Keuchend hole ich Luft. Die fremde Hand löst sich von meiner. Eine männliche, dritte Stimme nähert sich.
„... Infusion erneuern“, sagt sie.
Es raschelt neben mir. Wieder konzentriere ich mich auf meine Augendeckel, und es scheint tatsächlich heller zu werden.
„Wie steht es um ihn?“, fragt Sara. „Ich meine, abgesehen von dem, was man sieht.“
„Kann ich Ihnen nicht sagen. Da müssten Sie mal mit der behandelnden Ärztin reden.“
„Und die wäre?“
„Dr. Scholz. Sie ist gerade nebenan bei einem anderen Patienten.“
Ein Eiszapfen rutscht durch meine Venen. Die beiden anderen Stimmen sind nicht mehr zu hören. Nur ein kleines Stückchen noch, dann werde ich wenigstens alles sehen können. Inzwischen ist das Eis gewandert, blau schießt es durch mein Hirn.

59

Als ich endlich die Augen aufbekomme, hängen Beine von der Zimmerdecke herab. Das blaue Licht zuckt noch immer in meinem Kopf, und komischerweise sind die Stimmen wieder da.

„... -o?“

Von oben schiebt sich ein Gesicht in mein Blickfeld.

„... –ich ... –ehen?“

Ich höre wie durch Watte, aber mein Blick wird klarer. Die Decke besteht aus Schnee, und das Licht ist nicht mehr in meinem Schädel.

Das Gesicht vor mir gehört einem Mann, auf dessen Kopf ein Helm sitzt.

„SCHNELL! HIER!“, schreit er mich unvermittelt an. Eine Menge weiterer Beine rennen unter der Zimmerdecke entlang.

„Können Sie mich verstehen?“, fragt der Mann mit dem Helm.

„Ja", krächze ich. Mein Mund ist sehr trocken.
„Gut. Ich bin von der Feuerwehr, wir holen Sie gleich hier raus. Können Sie mir sagen, wo Sie verletzt sind?"
Feuerwehr? Was soll das? Meine Beine sind immer noch gelähmt. Ich sage es dem Mann, und er rät mir, mich nicht zu bewegen.
Langsam kommt die Erinnerung zurück. Wallenstein, der Bahnhof, der Fahrer des Volvo, das Glatteis. Und der Baum.
Mir dämmert, dass ich nicht mehr im Bett liege, sondern kopfüber in dem Volvo hänge. Gott sei Dank, ich habe das mit dem Krankenhaus nur zusammenphantasiert. Was für ein Albtraum! Fast muss ich lachen vor Erleichterung, dabei ist die Situation ernst genug.
Vorsichtig drehe ich den Kopf. Das Gesicht des Mannes neben mir am Steuer ist nicht zu sehen, der Airbag hüllt es vollständig ein.
Die Beine der anderen Feuerwehrmänner sind an meinem Seitenfenster angelangt. Schnee spritzt von ihren schweren Schuhen in mein Gesicht.
„Helft mir mal!", ruft der Erste und beginnt damit, die Beifahrertür aufzustemmen. Er ist

noch jung, vielleicht Mitte Zwanzig, aber er scheint hier das Kommando zu führen.
Zehn Minuten später liege ich auf einer Krankentrage einige Meter neben dem Volvo. Ein Sanitäter hat meinen Ärmel hochgekrempelt und gibt mir eine Spritze, oben auf der Straße kann ich mehrere Fahrzeuge mit Blaulicht erkennen.
„Sie sind etwas unterkühlt, aber das kriegen wir schon hin", sagt der Sanitäter und lächelt. Diesmal kriecht es heiß meine Venen hinauf.
„Alles klar?", fragt er.
„Das Zeug brennt", antworte ich.
„Das hört gleich auf. In zwei Minuten spüren Sie nichts mehr, auch Ihre Beine nicht."
„Meine Beine sind nicht das Problem, die sind eh taub. Aber mein Kopf tut weh."
„Das wundert mich nicht, er hat ganz schön was abgekriegt."
„Was ist mit dem anderen Mann?", frage ich.
„Welchem Mann?"
„Dem Fahrer."
Er antwortet nicht, sondern misst stattdessen meinen Puls.

60

Der erste Feuerwehrmann tritt an meine Bahre heran. „Wie sieht's aus?"

Es ist nicht klar, an wen diese Frage gerichtet ist, aber da er mir nur flüchtig zuzwinkert, ist wohl der Sanitäter gemeint.

„Fraktur an beiden Beinen, der Kopf ist noch nicht klar. Wir bringen ihn gleich weg."

„Gut." Der junge Feuerwehrmann holt etwas aus seiner Jackentasche. „Wir haben übrigens das hier im Auto gefunden. Gehört es Ihnen?"

Er hält mir den Halbedelstein hin, den Sara und ich als Glücksbringer für Judith gekauft hatten. Ich nicke, und er drückt mir den Stein in die Hand.

„Dann viel Glück", sagt er. „Ich muss wieder zurück, die Frau rausholen."

Wallenstein, lese ich auf seinem aufgenähten Namensschild, doch ehe ich noch auf diese

Entdeckung reagieren kann, ist er auch schon weg.
Ich drehe den Kopf und will ihn zurückrufen. Dann sehe ich das Auto. Es ist gar kein Volvo, sondern Armins Toyota.
Auf halber Strecke zwischen mir und dem Wagen liegt ein einzelner Ski, gleich daneben kann ich die Dachbox ausmachen. Irgendwo in dieser Richtung klingelt ein Handy.
Ich muss wieder zurück, die Frau rausholen, geht mir durch den Kopf. Die Frau. Ich will sie sehen und sage es dem Sanitäter, doch der drückt mich mühelos auf die Bahre zurück.
Mein Kopf wiegt Tonnen, ich schaffe es einfach nicht, mich erneut aufzurichten. Wieder schaue ich zu dem Auto hinüber. Das Handyklingeln wird leiser, ich wundere mich darüber, dass niemand rangeht.
Gerade heben sie Judith aus dem Fahrersitz und legen sie jenseits der Motorhaube auf eine weitere Bahre. Ich versuche es noch einmal bei meinem Sanitäter. Mein Puls rast, und meine Stimme kommt von weit her.
Der Sanitäter schüttelt den Kopf. Seine Lippen bewegen sich, aber ich höre keinen Ton.

Dann verschwimmt sein Gesicht vor meinen Augen, und das einzige, was ich sehe, sind der sternlose Nachthimmel und das blaue Licht, das wie ein Leuchtturmfeuer an- und abschwillt und sich in ihm verliert. Das und diese einzelne Schneeflocke, die direkt auf mich zuhält und sich schließlich kalt auf meine geschlossenen Augendeckel legt.

Dank an Birgit Hassenteufel Montag, Daniela Susewind und Stephan Öhrlein für ihre umfangreiche Mithilfe an der Entstehung dieses Buches, die Analysierung und behutsame Überarbeitung des Manuskripts, das Einbringen ihrer Ideen, das Opfern Ihrer Nerven und für ihre Geduld.

Holger Montag
im mandarin-verlag

Liebe oder so

Roman

ISBN-Nr. 978-3-9809325-1-6

Die große Liebe. Viele sind ihr schon über den Weg gelaufen, andere warten noch auf ein Zusammentreffen mit ihr. Doch wenn man ihr begegnet, was dann? Genügt es, man selbst zu sein, um sie einfangen und halten zu können? Und woran erkennt man sie überhaupt?

- Leseproben unter www.mandarin-verlag.de -

„Ein mitreißendes Buch über Sinnsuche und Leidenschaft inmitten der Tristesse des Alltags, erzählt in deiner respektlosen Sprache, die dem Lebensgefühl der Generation Ü30 entspricht.“

versandkostenfrei zu beziehen unter

www.mandarin-verlag.de

mandarin-verlag

saarbruecken